jrj.poemas

PUNTO

DE ENCUENTRO

Carmen Ciria
José Antonio García

jrj.poemas

EVEREST

Dirección Editorial: Raquel López Varela
Coordinación Editorial: Ana María García Alonso
Maquetación: Cristina A. Rejas Manzanera
Ilustraciones de cubierta e interiores: Xosé Cobas
Diseño de cubierta: Jesús Cruz

© herederos de Juan Ramón Jiménez
© EDITORIAL EVEREST, S. A.
Carretera León-La Coruña, km 5 - LEÓN
ISBN: 84-241-1303-9
Depósito legal: LE. 250-2006
Printed in Spain - Impreso en España

EDITORIAL EVERGRÁFICAS, S. L.
Carretera León-La Coruña, km 5
LEÓN (España)
Atención al cliente: 902 123 400
www.everest.es

INTRODUCCIÓN

AMOR Y POESÍA CADA DÍA

La luz con el tiempo dentro es la hermosa expresión de Juan Ramón que puede aplicarse no sólo al poema al que corresponde este verso, sino a toda la Obra (con mayúscula) de quien es considerado el creador más importante de la poesía escrita en lengua española, durante el siglo XX, y con toda propiedad también, una de las mayores figuras de la Literatura Universal, realidades las dos que justifican plenamente la concesión a Juan Ramón Jiménez del Premio Nobel de Literatura (1956).

Amor y poesía cada día fue su lema; la *rama de perejil*, el símbolo escogido como sencilla representación del trabajo gustoso, en una dedicación por completo a su Obra —uno de sus grandes temas, junto con el de la mujer y la muerte— durante casi sesenta años. Su recorrido vital y poético (en Juan Ramón el uno no se concibe sin el otro) se caracteriza por la preocupación y cuidado por lo bien hecho, por transmitir lo ya perfecto, de ahí su esmero en revisar sus textos. Puede afirmarse, pues, que toda la Obra del poeta de Moguer se nos aparece como resultado de un esfuerzo permanente *con, desde, en, para, por, sobre, tras,* la poesía (Díaz-Plaja, 1983:279).

Estilo en Juan Ramón Jiménez

Juan Ramón cambió el rumbo de la poesía hispánica, según reconoce hoy día la crítica especializada. La obra del Andaluz Universal (que así vino a firmar el poeta, en ocasiones) es de difícil seguimiento; su enorme amplitud supone, como afirma Gicovate (1973:219-220), una gran dificultad:

No conocemos, ni podremos nunca conocer todo lo que escribió Jiménez, ni siquiera si nos limitamos a su poesía. A lo sumo, la paciencia de los recopiladores nos dará una visión completa de lo conservado, en el mejor orden que pueda inventarse....

Asimismo, para su lectura y estudio será preciso conocer siempre la singular naturaleza de su proceso creador, en continuo despliegue y ansias de renovación ("revivificación", prefería decir el propio Juan Ramón), lo que, según veremos más adelante, da lugar a versiones diferentes de un mismo poema, cambios de títulos e incluso reordenamiento de libros. En todos los casos, las claves para comprender este afán depurador, que el poeta mantiene hasta el final de su vida, nos la ofrece él mismo:

Una vez más, a mis setenta y dos años, digo que lo perfecto es lo que se deja en su debido punto. Y nada más que eso (JRJ, 1961a:312).

Nunca busqué más perfección, sino mayor hermosura (JRJ, 1961a:293).

Al corregir reviviéndolos mis poemas antiguos, les dejo lo anecdótico que tenían de fundamento, o lo imajinado, con el acento original. Lo que les quito es el añadido tonto, y a cambio de la sustitución verdadera; que aunque no la señalé entonces, quedó grabada en mi recuerdo como pidiéndome que la salvara. Y estoy contento de haber podido salvarla (JRJ, 1967:210-220).

En algunas ocasiones la corrección surge por sorpresa. Despierto por la noche con una nueva versión en los labios y tengo que apuntarla inmediatamente; o de día, en las circunstancias más inesperadas... (Gullón, 1958:80-81).

De una u otra forma, es decir, bien esta corrección de sus textos fuera fruto de un trabajo deliberado, bien llegara sorpresivamente, es conveniente saber que la tendencia a corregir que se destaca en Juan Ramón Jiménez es consecuencia directa de su idea de entender la obra de creación, la suya y la de los demás, como realidad siempre abierta, nunca cerrada: "obra en marcha", "mar en movimiento", "sucesión sin fin"... Por esta razón, y porque cada modificación que introduce es reflejo y expresión de un estadio de su trayectoria vital y poética, para Juan Ramón Jiménez tenía tanta importancia la versión primera de un poema como la última, todas para él igualmente originales.

Pero esta perfección estética a la que el poeta aspiraba es imposible de conseguir. Juan Ramón es consciente de ello. Lo que no deja de ser en él motivo de una honda frustración personal:

He creado más de lo que pude recrear. He sido vencido: creé más de lo que pude recrear de manera consciente. Ésa es mi tragedia (Gullón, 1958:83).

Con todo, y a manera de síntesis, tengamos presente estas consideraciones:

a) La interpretación que Juan Ramón ofrece a su proceso corrector está íntegramente ligada a su concepción de la Poesía (Vázquez Medel, 2005:72).

b) Es una corrección estrechamente relacionada con su vida.

c) Para Juan Ramón: una poesía puede considerarse depurada cuando, vivida de nuevo al releerla, ha dado la impresión plena y exacta de su vida en el instante de su creación (JRJ, 1979:11).

Vayamos ahora, para mejor comprensión, a la lectura del poema que sigue, perteneciente a "Jardines Galantes", primera parte del libro *Jardines lejanos*. Este poema fue "revivido" por el Nobel moguereño en tres momentos distintos, según se corresponden con la versión aparecida en la edición primera (1904) o con las incluidas posteriormente en *Segunda Antolojía* (1922) y en *Leyenda*, publicada póstumamente en 1978. El proceso de revisión que aquí se aprecia es muy interesante, porque nos permite ver cómo la escritura de Juan Ramón apunta cada vez hacia una mayor sencillez, espontaneidad, perfección... Veamos:

Hay un oro dulce y triste
en el malva de la tarde,
que da realeza a la bella
suntuosidad de los parques.

5   Y bajo el malva y el oro
se han recogido los árboles
verdes, rosados y verdes
de brotes primaverales.

En el cáliz de la fuente
10 solloza el agua fragante,
agua de música y lágrima
nacida bajo la hierba
entre rosas y cristales...

... Ya el corazón se olvidaba
15 de la vida...; por los parques
todo era cosa de ensueño,
luz de estrellas, alas de ángeles.

Sólo cabía esperar
a los luceros; la carne

20 se hacía incienso y penumbra
    por las sendas de rosales…

    Y de repente una voz
    melancólica y distante
    ha temblado sobre el agua
25 en el silencio del aire.

    Es una voz de mujer
    y de piano, es un suave
    bienestar para las rosas
    soñolientas de la tarde;

30 una voz que me va haciendo
    llorar por nadie y por alguien
    en esta triste y dorada
    suntuosidad de los parques.

Se trata de un poema, como podrá observarse, en el que las influencias modernistas en Juan Ramón todavía son muy claras, sobre todo por el ambiente que se describe (la interioridad de un parque, un jardín, refugio ideal para soñadores) impregnado de pesimismo, misterio y sensualidad. Pero comparemos dicha versión con la que aparece en *Segunda Antología:*

Hay un oro dulce y **fresco**
en el malva de la tarde,
que da realeza a la bella
suntuosidad de los parques

5 Y bajo el malva y el oro
se han **recojido** los árboles
verdes, rosados y verdes
de brotes primaverales.

... **Está preso el corazón**
10 **en este sueño inefable**
que le echa su red; ve sólo
luces altas, alas de ánjeles.

Sólo le queda esperar
a los luceros; la carne
15 **se le hace incienso y penumbra**
por las sendas de rosales...

Y de repente, una voz
melancólica y distante,
ha temblado sobre el agua
20 en el silencio del aire.

Es una voz de mujer
—y de piano— es un suave
bienestar para las rosas
soñolientas de la tarde:

25 voz que me hace, otra vez,
    llorar por nadie y por alguien,
    bajo esta triste y dorada
    suntuosidad de los parques.

La lectura atenta de ambas versiones nos posibilita distinguir dos tipos de correcciones: las aplicadas a la ortografía (*recojido, ánjeles*), según evolucionó la forma personal de la escritura juanramoniana (nos extenderemos en su comentario más adelante), y las realizadas por medio de las adiciones (añadido, por ejemplo, de guiones en verso 22), supresiones (la estrofa tercera del poema originario desaparece totalmente), sustituciones (adjetivo *triste* por *fresco*, en verso 1; preposición *en* por *bajo*, en versos penúltimos, etc.), categorías de la retórica tradicional (junto a las permutaciones), que Juan Ramón utiliza con frecuencia cuando quiere "revivir" un texto.

La tercera versión que incorporamos del mismo poema es la que aparece en *Leyenda*, un libro que iba a formar parte de aquel ambicioso proyecto de Juan Ramón y de Zenobia para la reunión en siete tomos de la obra total juanramoniana en un solo título general: *Metamorfosis*, en el que *Leyenda* abarcaría la poesía; *Historia*, la prosa lírica; *Política*, el ensayo y la crítica general; *Ideología*, los aforismos; *Cartas*, la correspondencia pública y particular; *Traducción*, las realizadas de autores extranjeros; y *Complementos*, de contenidos más diversos.

En *Leyenda*, Juan Ramón ofrece en casi todos sus poemas variantes muy notables. Como bien dice Antonio Sánchez Romeralo, quien ordenó y publicó esta antología veinte años después de la muerte del poeta, los cambios que se dan tienden a "intensificar la eficacia poética de la lengua, eliminando en ella lo ineficaz, lo trivial, lo gastado... Hay una inclinación a volver a una lengua más llana, más hablada, más popular... menos literaria" (1978: XXI). Dichos cambios, en el uso de las categorías modificativas ya explicadas, afectan tanto a la sintaxis, como al léxico, a la ortografía y la puntuación. Juan Ramón, además, pone título a sus poemas, a diferencia de lo que había hecho antes. Lo podemos apreciar mejor a continuación:

Clamar por nadie y por alguien

Hay un oro limpio y fresco en el malva de la tarde
que da edén a la hermosa suntuosidad de los parques.

Y bajo el malva y el oro se han recojido los árboles
verdes, rosados y verdes de brotes primaverales.

5   Está preso el corazón en este sueño insondable
que le echa su red; sólo ve luces altas, alas de ánjeles.

Sólo queda esperar a los luceros. La carne
se hace incienso y penumbra por las sendas de rosales...
que van tan plácidamente a ese lugar encantante
10 donde se encuentra en su nada el indiferente nadie.

... Y, de repente, una voz exaltadora y distante
ha temblado sobre el agua, en el silencio del aire.

¡La vida misma, otra vez, la misma muerte que antes,
que me coje por los brazos y me los baja del aire!

15 Es una voz de mujer (y de piano) un suave
bienestar para las cosas soñolientas de la tarde.

Voz que me hace otra vez clamar por nadie y por alguien,
bajo esta inmensa y dorada suntuosidad de los parques.

LA ORTOGRAFÍA JUANRAMONIANA

En Juan Ramón, su particular manera de interpretar
la ortografía del castellano, alejada de la normativa auto-
rizada por la Real Academia de la Lengua Española, llamó
mucho la atención de sus lectores e investigadores.

En el poema que reproducimos anteriormente ya se
destacan algunos rasgos de esta personal forma de escribir.
¿Por qué *recojido*, *ánjeles*, etc.? ¿Desde cuándo estas modifi-
caciones en su obra? ¿En qué criterios se basó Juan Ramón
para sus "ideas ortográficas"? Vayamos por partes.

El resumen de la ortografía de Juan Ramón, según estudio de Francisco Marcos Marín (1983:403), se concreta en:

-Uso de la grafía (j) para representar el fonema velar fricativo sordo, mientras que (g) representa la oclusiva velar sonora. Por ejemplo: *hijiénico* frente al normativo *higiénico.*

-Reducción de algunos grupos cultos: ante consonante no escribe x sino s; suprime p y b en posición implosiva, y también n implosiva ante s. Por ejemplo: *escelentísimo, setiembre, oscuro, mostruo,* respectivamente.

-Reducción de *s* + *c* a *c* (para *c* con valor *zeta*), o sea, *conciente* en vez de consciente.

-Supresión de la *h* en la exclamación *Oh.*

Pero esta peculiar interpretación que Juan Ramón hace de la ortografía no se observa desde el principio en su escritura, sino "sólo en el umbral de su segunda época 1916 y nunca aparece antes" (Isabel Paraíso, en Marcos Marín, 1983:410). La misma lectura de los poemas de la presente antología puede contribuir a demostrar este hecho.

Finalmente, y acerca de sus ideas ortográficas, todo parece indicar que las mismas tuvieran fundamento en la propia sensibilidad del poeta, "hombre cuidadoso hasta el exceso, autobiográfico hasta la obsesión, artista limador como muy pocos y extraordinariamente consciente de la riqueza del instrumento lingüístico y las posibilidades de su empleo" (Marcos Marín, 1883:410). Dice a propósito Juan Ramón en el diario "La Prensa", de Puerto Rico (1/2/1953):

... En cuanto a mí, que no soy gramático, historiador ni filólogo de oficio, prefiero hacer a solas y a mi modo creador el trabajo instintivo o inteligente de conservación o renovación idiomática de que yo sea capaz.

En la revista "Universidad" (1953), de Puerto Rico, contesta también a la cuestión en los términos siguientes:

... Primero, por amor a la sencillez, a la simplificación en este caso, por odio a lo inútil. Luego, porque creo que se debe escribir como se habla; en ningún caso como se escribe.

VIDA Y OBRA

NACIMIENTO, INFANCIA. PRIMEROS POEMAS

Juan Ramón nació en Moguer (Huelva) la madrugada del 23 al 24 de diciembre de 1881, en el seno de una familia de buen nivel económico, dedicada al cultivo de la vid y a la exportación de vinos. En la Andalucía clasista de finales de siglo, Juan Ramón era un niño aislado, tanto por su posición como por su propio temperamento, tendente a la melancolía:

La blanca maravilla de mi pueblo guardó mi infancia en una casa de grandes salones y verdes patios. De estos dulces años recuerdo bien que jugaba poco y que era gran amigo de la soledad; las solemnidades, las visitas, las iglesias me daban miedo. Mi mayor placer era hacer campitos y pasearme en el jardín, por las tardes, cuando volvía de la escuela y el cielo estaba rosa y lleno de aviones (A. Campoamor, 2001:24).

La infancia, espacio en el que autor creyó haber permanecido siempre, dejará en Juan Ramón una huella decisiva, de altísimo valor para el conocimiento y comprensión de su vida y de su obra.

En 1893, Juan Ramón parte de su casa de Moguer para realizar el bachillerato en el Colegio de San Luis Gonzaga, de los Jesuitas del Puerto de Santa María (Cádiz)[1], donde estudiaban los hijos de la burguesía andaluza. Allí también cursará sus estudios, más tarde, otro poeta andaluz, Rafael Alberti. Es precisamente en este centro docente donde Juan Ramón escribe sus primeros poemas y en el que también se le despierta aquella inquietud religiosa que no le abandonaría nunca.

En 1896 tiene lugar su traslado a Sevilla para estudiar Derecho, pero no terminó la carrera, que había iniciado por deseo de su padre. Pronto se sintió atraído por la pintura (varios de sus cuadros de aquella época se conservan en la Casa Museo Juan Ramón y Zenobia, de Moguer), aunque convencido de su vocación por la escritura, decidió dedicarse por completo a la poesía, estimulado, sobre todo,

---

[1] Aunque hizo el examen de ingreso al Bachillerato en el Instituto de Provincial de Segunda Enseñanza La Rábida de Huelva con la calificación de sobresaliente. El instituto conserva su solicitud (fechada el 24 de septiembre de 1891) y el ejercicio de examen. Estudió allí como alumno libre hasta que en 1894 se efectuó el traslado de expediente al colegio de los Jesuitas en el Puerto de Santa María.

por las lecturas de Bécquer, de quien tomará la sencillez de estilo y el sentimentalismo, y de Rosalía de Castro, entre otros, y con el consentimiento familiar. En 1897, después de abandonar la carrera, Juan Ramón regresa a Moguer. La prensa de Huelva y de Sevilla publica algunas de sus creaciones. Tiene ya escritos algunos poemas de *Nubes*, título que, más tarde, dará origen a sus dos primeros libros.

ETAPA SENSITIVA (1898-1915)

La división de la obra de Juan Ramón en épocas responde a criterios metodológicos. Ya se ha explicado que el poeta concebía su Obra en marcha, en constante revivificación; aun así, la crítica coincide en señalar tres etapas en su trayectoria poética. Juan Ramón prefiere llamar "sensitiva", mejor que modernista, a su poesía de esta época primera.

En abril de 1900, invitado por el poeta modernista Francisco Villaespesa, el cual le envió una tarjeta firmada también por Rubén Darío, se traslada a Madrid para luchar por el Modernismo[2]. Unos poemas aparecidos en el semanario progresista de Madrid "Vida Nueva" sirvieron para que estos poetas se fijaran en él.

Es un periodo corto, pero rico en experiencias vividas entre los intelectuales del Madrid de principios de siglo. Tal

---

[2] Modernismo: movimiento literario que se desarrolla entre 1885 y 1915 y cuyo representante principal es Rubén Darío.

Sr. Director del Instituto provincial de segunda Enseñanza de Huelva.

Juan Ramón Jiménez Mantecón natural de Moguer provincia de Huelva de nueve años de edad á V. S. con el debido respeto expone:

Que deseando cursar las asignaturas correspondientes al grado de Bachiller y siendo necesario para ello verificar un examen de instrucción primaria según previenen las disposiciones vigentes.

Suplica á V. S. se sirva admitirlo á los exámenes de ingreso en 2ª Enseñanza que se han de celebrar en ese Instituto en el presente mes. Gracia que espera merecer de la notoria bondad de V. S. cuya vida guarde Dios muchos años.

Huelva 24 de Septiembre de 1891.

Juan R. Jiménez Mantecón.

Huelva 24 de Sept.ᵉ de 1891.

Examínese por la Secretaría la adjunta partida y si no ofreciere reparo alguno admítase al interesado al examen que solicita, previo el pago de los derechos correspondientes.

Fernández

Solicitud de admisión al examen de ingreso en Bachillerato.

HOJA DEL EXAMEN DE INSTRUCCION PRIMARIA

correspondiente á D. *Juán Ramón Jiménez Mantecón*
natural de *Moguer* provincia de *Huelva*

PREGUNTAS DE GRAMÁTICA CASTELLANA.

OPERACION ARITMÉTICA.

$$16914 \overline{\smash{\big)}\, 34}$$
$$0\,331 \quad 497$$
$$0\,254$$
$$16$$

PERIODO Ó SENTENCIA ESCRITA AL DICTADO.

La perseverancia de los partidarios de la revolución ha prevalecido sobre las dificultades suscitadas por los enemigos.

Huelva á 25 de Septiembre de 1891.

FIRMA DEL EXAMINADO,

Juán Ramón Jiménez Mantecón.

Calificado con la nota de *Sobresaliente*

El Presidente del Jurado,

Vocal,

Vº Bº

El Secretario del Jurado,

Examen de Ingreso al Bachillerato, realizado a los 10 años de edad.

como decíamos, de su proyecto inicial, *Nubes*, nacen ese mismo año sus dos primeros libros, *Ninfeas* (impreso en tinta verde) y *Almas de Violeta* (en tinta violeta), títulos sugeridos por Valle-Inclán y Rubén Darío respectivamente.

En el verano de 1900, Juan Ramón vuelve de nuevo a Moguer. Allí, el fallecimiento repentino de su padre le ocasiona una fuerte depresión nerviosa. Aumenta su miedo a la muerte.

Cuando Juan Ramón, ya mayor, analiza la causa de su melancolía infantil y juvenil, comenta que de niño era muy alegre, pero luego se volvió serio:

Muchas veces he querido encontrar la razón de este cambio. ¿La muerte brusca de mi padre a la madrugada; el colejio de los jesuitas, con su paño morado constante de muerte; el despertar sexual con la idea de lo imposible? (JRJ, 1961b:252).

Es internado, en mayo de 1901, en el Sanatorio de Castel d'Andorte, Le Bouscat (Burdeos). Su estancia en Francia tuvo una importancia decisiva en su obra pues pudo tomar contacto con la poesía francesa del momento, el Simbolismo[3] y el Parnasianismo[4]. El movimiento sim-

---

[3] Escuela francesa constituida hacia 1888. Arranca con Baudelaire (1821-1867) y se desarrolla con Verlaine (1844-1896), Rimbaud (1854-1891) y Mallarmé (1842-1898). Se propone ir más allá de las apariencias sensibles para penetrar en lo más profundo de la realidad. Se sirven para ello de símbolos.
[4] Escuela francesa cuyo representante principal es Thèophile Gautier (1881-1972), con su famosa frase "El Arte por el Arte".

bolista estará en la base de su poesía durante su primera época. A finales de 1901, de vuelta a Madrid, se instala en el Sanatorio del Rosario por mediación del doctor Simarro, un médico liberal y culto, gran amante de la literatura, que lo pone en contacto con la Institución Libre de Enseñanza. La publicación de *Rimas* en 1902 supuso un estímulo en su carrera, que se reafirmó al año siguiente con *Arias Tristes* (1903), libro muy celebrado por Rubén Darío. También en este año funda la revista "Helios" donde colaborarán los poetas más selectos del momento. En 1904 aparece *Jardines Lejanos*.

Etapa moguereña (1905-1912)

Una nueva crisis le lleva en 1905 a Moguer. La enfermedad de Juan Ramón se acentúa por la ruina económica de su casa. En Moguer permanece siete años, reponiéndose y escribiendo. Es una etapa muy importante para el estudio conjunto de la vida y la obra del poeta, porque demuestra la gran influencia que ejerce en todas las personas el lugar de nacimiento. Nada descubrimos al decir que la tierra en que se viene al mundo marca y determina hasta el extremo de hacernos imposible salir nunca de ella. Con Juan Ramón Jiménez ocurrió esto mismo. El poeta vivió setenta y seis años, y de ellos sólo veintiuno en Moguer, que fueron suficientes para que llevara a su pueblo con él toda su vida:

Arruinado y lejano, yo haré por ti, Moguer, en lo ideal, lo que no han querido hacer materialmente los que te han

manoseado inicuamente, los arteros, los fantasmones, los egoístas...

Te llevaré, Moguer, a todos los países y a todos los tiempos. Serás, por mí, pobre pueblo mío, a despecho de los logreros, inmortal (Palau de Nemes, 1974:16).

Pero conviene saber que esta pretendida inmortalidad de Moguer no se produce porque Juan Ramón idealizara a su pueblo. "Prácticamente no se hace mención de un esplendoroso pasado, sino de un presente con figuras pequeñas con nombres y apellidos. Sí. Es cierto que desde su mirada infantil, desconocedora de los otros lugares cercanos o lejanos, la realidad moguereña se acrecía, se agigantaba. Por eso cada casa le puede parecer un palacio y una catedral cada templo" (Vázquez Medel, 1982:43); efectivamente, esto puede observarse en la lectura del poema "Cuando yo era el niñodiós" ("revivido" ya en los últimos años de su vida) en *Leyenda*, cuyo texto se incluye en esta antología.

Moguer, por otra parte, es el espacio en el que Juan Ramón Jiménez comenzará a perfilar su mundo poético. Hay "tanto en la métrica como en los contenidos y el estilo un cambio de orientación (aunque sin drásticas rupturas), verdaderamente fundamental en su trayectoria" (Vázquez Medel, 2005:35). Las impresiones estéticas (luces, colores y aromas) de su infancia, ahora revividas, le estimulan intensamente:

En mi casa de la calle Nueva había una cancela que daba del patio de mármol al de los arriates. La cancela era de hierro y cristales blancos, azules y amarillos. Por las mañanas, ¡qué alegría de colores pasados de sol en el suelo de mármol, en las paredes, en las hojas de las plantas, en mis manos, en mi cara, en mis ojos! ¡Con la luna de noche, qué belleza mate, sorda, rica! (JRJ, 1961b:25).

Su actividad literaria en Moguer fue muy intensa. El silencio y el cromatismo del campo se adaptan como un guante a la sensibilidad solitaria del poeta. Por estos años escribe una serie de libros de un Modernismo intimista asentado sobre su Romanticismo de temperamento: *Pastorales* (1911), *Baladas de Primavera* (1910), *Olvidanzas* (1907), *Elejías* (1908), *La Soledad Sonora* (1911), *Poemas Májicos y Dolientes* (1911), entre otros. También concibe y escribe *Platero y yo* (aunque lo revisará e irá aumentando hasta su primera publicación en 1914), a la vez que mantiene una gran correspondencia con amigos, amigas y admiradores.

Platero y yo es, sin duda, el libro más popular de Juan Ramón Jiménez y está traducido a muchísimos idiomas. El recuerdo de Moguer, nos dice el propio poeta, determinó este libro. "Muchas personas me han preguntado si Platero ha existido… Claro que ha existido. En Andalucía, todo el mundo que tiene campo, además de caballos y yeguas y mulos, tiene burros. El burro (tiene) llena servicio distinto al del caballo o el mulo y necesita menos cuidado. Se usa para cargas menores en los paseos al campo, para montar a los niños cansados, para enfermos por su paso. "Platero" es el nombre general de una clase de burro, burro de color de plata, como los "mohínos" son oscuros y los "canos" blancos. En realidad, mi Platero no es un solo burro sino varios (en uno), una síntesis de burros plateros. Yo tuve de muchacho y de joven, varios. Todos eran plateros. La suma de todos mis recuerdos con ellos me dio el ente y el libro" (Garfias, 1996:134).

Platero y yo, aparte de hacernos sumergir en un ambiente de ternura y delicada belleza, nos descubre un héroe que, como dice Enrique Díez-Canedo en su ensayo *Juan Ramón Jiménez en su obra*, no es Platero: "El personaje principal es otro: es un héroe colectivo, es todo un pueblo, un pueblo blanco de Andalucía, el pueblo natal del poeta, Moguer..." (Vázquez Medel, 1982:10).

Pero este mismo pueblo que le parecerá más tarde, desde el recuerdo, "una blanca maravilla; la luz con el tiempo dentro" se le hace pequeño ahora. Está cansado de vivir en Moguer donde no encuentra a nadie con quien compartir su afición por el arte.

"Necesito salir de aquí cuanto antes [...] todo esto en un pueblo pequeño... sin una sola persona –¡ni una!– que se interese por las cosas del arte" (Sánchez Barbudo, 1981:31).

Hacia la poesía pura
En 1912 termina de vender las fincas que le quedan y, en diciembre, vuelve a Madrid. De 1912 a 1915 estuvo

alojado en la Residencia de Estudiantes. Empieza una buena época para él. Se siente a gusto en la Residencia, escribe mucho y, sobre todo, está enamorado de Zenobia Camprubí Aymar, a quien había conocido en 1913. "Zenobia era la mujer ideal que había esperado encontrarse en cualquier vuelta del camino, y en el mismo momento de la exaltación le había escrito:

Me parece que en usted ha encontrado forma esa mujer que siempre me sonrió desde las estrellas. ¡Yo la he soñado a usted tantas veces! ¡Oh! ¡gracias, Dios mío, gracias por esta bendición!" (Palau de Nemes, 1974:538).

La figura de Zenobia merece una atención especial. Esta catalana, que hablaba correctamente inglés, era una mujer moderna, dinámica y optimista, que escribía a máquina, bordaba, y era traductora del poeta hindú Rabindranath Tagore. Se entregó con la máxima abnegación al cuidado de Juan Ramón y de su obra. Su figura está cobrando cada vez mayor relieve y valoración: es de todos admitido que tuvo una importancia decisiva en la vida de Juan Ramón. Vázquez Medel (2005:293) explica cómo, por amor a Zenobia, Juan Ramón cambió muchas pautas de su vida y también inició una depuración de su poesía. Seguramente su evolución poética interior le hubiera llevado hacia la misma plenitud, pero el conocimiento de Zenobia, con su peculiar forma de ser, impulsó el cambio literario que Juan Ramón experimenta en 1913 y 1914. Este cambio marca la frontera entre la primera y la segunda etapa de su creación, el paso de la poesía sensitiva a la poesía pura, desnuda o intelectualizada.

En 1914 sale la primera edición de *Platero y yo* (la segunda edición aumentada lo hará en 1917). Los libros escritos en esta época *Estío* (1916) y *Sonetos espirituales* (1917) buscan ya un nuevo modo de expresión y se van alejando del modernismo decadente antes cultivado para dar paso a la nueva etapa que abre el *Diario* y no sólo en la obra de Juan Ramón, sino en toda la poesía española.

ÉPOCA INTELECTUAL (1916-36)

Diario de un poeta reciencasado (1917)

"Lo creo mi mejor libro", llegó a decir del *Diario* Juan Ramón Jiménez. Y también: "Hay en él muchas cosas que nunca se han visto. Es un libro metafísico: en él se tratan los problemas de la creación poética, los problemas del encuentro con las grandes fuerzas naturales: el mar, el cielo, el sol, el agua..." (Gullón, 1958: 91).

El año 1916 es especialmente importante para Juan Ramón por motivo de su viaje a Estados Unidos para casarse con Zenobia. Cuenta Graciela Palau de Nemes (1974:538) que "con el mismo esmero que una novia prepara su ajuar, Juan Ramón preparó el suyo" y que "llenó un baúl, tres maletas, una sombrerera y una cuellera". Embarca en Cádiz. La boda tendrá lugar el dos de marzo en la iglesia católica de St. Stephen de Nueva York. En 1917 ya ha regresado a Madrid donde vivirá hasta 1936. Es entonces cuando publica *Diario de un poeta reciencasado*, que se titularía más tarde *Diario de poeta y mar*. Juan Ramón explica así el cambio de título:

Cambié el título porque quería destacar la importancia que en su gestación tuvo la presencia del mar, el contacto con el mar. El libro está suscitado por el mar y nació con el movimiento del barco que me traía a América. En él usé por primera vez el verso libre: éste vino con el oleaje, con el no sentirme firme, bien asentado (Gullón, 1958:84).

Juan Ramón va anotando sus impresiones, lo que ve y lo que vive, siempre con autenticidad y precisión. El mar le pone en contacto con la Belleza, lo universal y lo eterno y pasará a ser uno de sus más importantes símbolos poéticos. Este libro combina verso libre y prosa. Él lo consideraba dentro de un ciclo con sus otros libros *Eternidades* (1918) y *Piedra y Cielo* (1919) y se lamentaba de que éstos no hubieran sido leídos por completo:

Así ocurre siempre con los poetas de obra larga, sólo leídos en parte y siempre en la misma parte. Vea lo ocurrido con Lope y Góngora: se les cita y elogia constantemente por los mismos poemas (Gullón, 1958:84).

El Diario se destaca como una de las aportaciones principales de Juan Ramón a la poesía española. Hace, insistimos, de frontera entre lo escrito antes y después por él, y por los demás poetas contemporáneos. Con este libro empieza la poesía desnuda y la intelectualización de su lírica. El poeta, guiado por la inteligencia, buscará a partir de ese momento la exactitud, decir lo que quiere con las palabras necesarias, las exactas.

> ¡Inteligencia, dame
> el nombre exacto de las cosas!
> ... Que mi palabra sea
> la cosa misma
> creada por mi alma nuevamente.

En esta línea de poesía desnuda publica, además, *Segunda Antolojía* (1922), *Poesía* (1923) y *Belleza* (1923), entre otros. También edita una serie de revistas en las que recoge parte de su obra en prosa y verso.

ÉPOCA SUFICIENTE O VERDADERA (1937-1958)

Juan Ramón y Zenobia en América

Al estallar la guerra civil en España, el poeta se puso del lado de la República. Acogió en su casa a doce niños huérfanos, y procuró que quedaran atendidos, cuando en 1936 sale, con pasaporte diplomático, rumbo a los Estados Unidos. Fue nombrado Agregado Cultural Honorario en la Embajada de España en Washington.

Al terminar la guerra, Juan Ramón y Zenobia eligieron el exilio, como otros muchos poetas e intelectuales republicanos. Deciden quedarse definitivamente en América. Primero en Puerto Rico, unas semanas, y luego en Cuba; más tarde (1939) el matrimonio regresa a Estados Unidos. Viven en Miami (Florida) hasta 1942, y después, con algunos intervalos, en Washington hasta 1951 en que retornan para siempre a Puerto Rico. Juan Ramón se sostiene económicamente dando conferencias y dictando cursos como profesor invitado en diversas universidades americanas; logra el reconocimiento de gran poeta. También Zenobia trabajó como profesora de español más regularmente que él.

El exilio repercutió en Juan Ramón de forma clara. Según señala la crítica (Sánchez Barbudo, 1981:77), se hizo más sociable y comprensivo, pero también volvió a recaer, en diversos momentos, en su antigua depresión. En Estados Unidos echaba mucho de menos oír hablar español, por eso su viaje a Argentina en 1948 le resultó muy fructífero y revitalizante:

... y muchos años después, gracias también al mar, con ocasión del viaje a la Argentina, surge *Dios deseado y deseante* (Gullón, 1958:120).

Etapa de plenitud
Cuando se lo permitió su salud, Juan Ramón escribió intensamente. De esta etapa americana son, tal vez, sus

mejores libros. En 1950 sufrió una gran depresión de la que se recuperó un año después. El período 1951-1954 fue el último de su proceso creador; trabajó mucho: dio conferencias, fue consejero de estudiantes y profesor titular de la Universidad de Puerto Rico, en Río Piedras. Con la ayuda de Zenobia se dedicó a corregir o revivir toda su obra poética y a crear nuevos poemas. Entre sus papeles de Puerto Rico han quedado muchos textos inéditos. En 1954 cae de nuevo enfermo y ya nunca pudo volver a trabajar. De estos años americanos son los libros: *La Estación Total* (1946), *Romances de Coral Gables* (1948), *Animal de Fondo* (1949) y el largo poema *Espacio* (1943-1954).

Tuvo tiempo de revisar y ver publicada la *Tercera Antología poética* (1957)

El 28 de octubre de 1956 Zenobia murió de cáncer. Tres días antes se le había concedido a Juan Ramón el premio Nobel de Literatura. La muerte de Zenobia agravó su propia salud y dos años después, el 29 de mayo de 1958, a consecuencia de una fuerte afección bronquial, fallece en Puerto Rico. Unos días más tarde, el 6 de junio de 1958, su sobrino Francisco Hernández Pinzón, cumpliendo la última voluntad de sus tíos, traslada sus cuerpos a España y les da sepultura en el Cementerio de Jesús, de Moguer.

Dios deseado y deseante
Se destaca este libro entre los principales de la obra de Juan Ramón Jiménez. Ya pudimos leer anteriormente

las palabras del poeta en las que comenta que otra vez fue el mar su fuente de inspiración, con ocasión de aquel viaje que hiciera a Argentina. Los críticos no dudan en considerar *Dios deseado y deseante* (ampliación del ya citado *Animal de fondo*) como libro de contenido místico, aunque bien diferente de la mística cristiana. Por dos razones: dios –o lo divino– en Juan Ramón es esencialmente "como una conciencia única, justa, universal de la belleza que está dentro de nosotros y fuera también y al mismo tiempo". No es, por lo tanto, el Dios cristiano ni tampoco el de otras religiones. Después, porque la experiencia del encuentro con la divinidad, tal como igualmente se define en la mística de la grandes tradiciones sagradas, no se produce por el recorrido de ningún camino de perfección por parte del hombre y que culmine con el referido encuentro; todo lo contrario, en *Dios deseado y deseante* es el propio dios el que acude a la llamada del hombre. Y escribe Juan Ramón:

Si yo, por ti, he creado un mundo para ti,
dios, tú tenías seguro que venir a él,
y tú has venido a él, a mí seguro,
porque mi mundo todo era mi esperanza.

Se trata, por lo tanto, de un recorrido al revés, de una inversión de la mística. Su dios, al fin, viene al "mundo" que el poeta ha creado y recreado para él durante tanto tiempo, al de su Obra en marcha, mar en sucesión, según habíamos comentado al principio. Quiere esto decir que para Juan Ramón su completa entrega a la poesía no podría concluir sino en el hallazgo de este espacio al que se refiere el poema en el que, por y en la palabra, su dios, aquella conciencia única, justa y universal de la belleza, pueda mostrarse a la luz, hacerse eterna.

Espacio

Hasta aquí, casi todo el comentario sobre la obra de Juan Ramón Jiménez se ha centrado en su poesía, mucho menos en la prosa, la cual sólo aparece en las referencias de *Platero y yo*, escrito en prosa poética, y de *Diario de un poeta reciencasado*, en verso y prosa.

Espacio, ahora, viene a representar "una síntesis de la obra juanramoniana, de la Obra que se inició con los dos libros de adolescencia, y que, sin rupturas radicales, fue avanzando, creciendo evolucionando, renovándose siempre, hasta alcanzar su culminación en los años de América (Albornoz, 1983:117).

América (más concretamente, el paisaje llano de La Florida) le trajo a Juan Ramón el poema *Espacio*.

El poema quiere ser también algo de horizontes ilimitados, sin obstáculos; dar la impresión de que podría seguir sin fin, continuadamente (Gullón, 1958:149).

Así es, efectivamente, *Espacio*, de cuya creación el propio Juan Ramón habla como "una escritura de tiempo, fusión memorial de ideología y anécdota sin orden cronológico, como una tira sin fin desliada hacia atrás en mi vida" (Font, 1972:12).

Espacio representa una "autobiografía lírica de Juan Ramón Jiménez" y en él cabe encontrar todos los grandes temas y hallazgos artísticos de su obra. El poema está dividido en tres fragmentos y fue dedicado por Juan Ramón a Gerardo Diego, el poeta santanderino integrante de la Generación del 27. *Espacio* fue iniciado en 1941 y culminado en 1954, por lo que bien se puede decir que su escritura se corresponde enteramente con esta etapa de plenitud que viene a completar el presente estudio sobre el Nobel moguereño, y nos abre, a continuación, a la gozosa lectura de sus textos.

PRINCIPALES OBRAS Y AÑO DE PUBLICACIÓN

I. Etapa sensitiva (1898-1915)

Sus primeros poemas publicados en revistas.
Obras en la línea del Romanticismo de Bécquer y del Modernismo intimista y simbolista:
Almas de Violeta (1900)
Ninfeas (1900). Juan Ramón renegaría de estos dos libros posteriormente.
Rimas (1902)
Arias Tristes (1903) es su primer gran libro.
Jardines Lejanos (1904)

Elejías Puras (1908)
Olvidanzas (1909)
Elejías Intermedias (1909)
Elejías Lamentables (1910)
Baladas de Primavera (1910)
La Soledad Sonora (1911)
Pastorales (1911)
Poemas májicos y dolientes (1911)
Poemas Agrestes (1912)
Melancolía (1912)
Laberinto (1913)
Platero y yo (1914, completo en 1917), es prosa poética.
Estío (1916): Época de transición
Sonetos espirituales (1917)

II. "Poesía desnuda". Etapa intelectual (1916-1936)

Poesía sobria, "exacta". Poesía guiada por la inteligencia.
Diario de un poeta reciencasado (1917).
Poesías Escojidas (1917)
Eternidades (1918)
Piedra y Cielo (1919)
Segunda Antolojía poética (1922)
Poesía (1923)
Belleza (1923)
Canción (1936)
La Estación Total con las Canciones de la Nueva Luz,
escrito en 1923-36 (1946)

III. Etapa suficiente o verdadera (1937-1958)

Poesía hermética de hondo pensamiento, marcada por la contemplación y deseo de unión con la belleza natural y el ansia de eternidad e infinito.

Romances de Coral Gable (México, 1948) formaba parte de *En el otro costado*, libro que Aurora de Albornoz publicó íntegramente en 1974.

Espacio (1954) también formaba parte de *En el otro costado*. Este poema en prosa se publicó por primera vez completo en 1954 en la revista "Poesía española", nº 28, Madrid.

Animal de Fondo (Buenos Aires, 1949) formaba parte de *Dios deseado y deseante*, libro que Antonio Sánchez Barbudo editó en 1964.

Tercera Antolojía poética (1957). Juan Ramón tuvo aún tiempo para revisarla y verla publicada.

Leyenda (1978). Esta antología editada por A. Sánchez Romeralo recoge poemas desde 1898, revisados por Juan Ramón.

NOTA DE LOS AUTORES

jrj.poemas es un libro que, aunque abierto a los intereses de cualquier lector o lectora, está especialmente orientado al alumnado de Educación Secundaria Obligatoria y de Bachillerato, razón por la cual sus contenidos se sustentan en criterios pedagógicos ajustados a las necesidades formativas de este alumnado. La inclusión de apartados referidos al estilo y ortografía de Juan Ramón, así como las notas aclaratorias, temáticas y de vocabulario, no hacen sino reforzar esta misma intención.

Para la selección de los textos hemos seguido, en general, las pautas del más reciente estudio sobre la poesía juanramoniana, realizado por Javier Blasco y Mª Teresa Gómez Trueba, quienes han utilizado siempre primeras ediciones.

En **jrj.poemas**, los textos seleccionados responden a los siguientes objetivos: recoger la trayectoria vital y estética del poeta; incluir los grandes temas de la poética de Juan Ramón y, finalmente, presentar textos de fácil comprensión y reconocida calidad y belleza.

Los libros antologados llevan su fecha de publicación; los poemas, una numeración entre corchetes, de orden práctico.

Carmen Ciria y José Antonio García

ANTOLOGÍA
DE POEMAS

RIMAS (1902)

[1]

Aquella tarde, al decirle
que me iba del pueblo,
me miró triste, muy triste,
vagamente sonriendo.

5 Me dijo: ¿Por qué te vas?
Le dije: Porque el silencio
de estos valles me amortaja[1]
como si estuviera muerto.

—¿Por qué te vas?— He sentido
10 que quiere gritar mi pecho,
y en estos valles callados
voy a gritar y no puedo.

Y me dijo: ¿A dónde vas?
Y le dije: A donde el cielo
15 esté más alto y no brillen
sobre mí tantos luceros.

La pobre hundió su mirada
allá en los valles desiertos
y se quedó muda y triste,
20 vagamente sonriendo.

---

[1] Amortajar: poner la mortaja o vestidura con que se cubren los cadáveres para enterrarlos. Aquí, el silencio actúa como una mortaja, le hace sentirse como muerto.

[2]

ADOLESCENCIA

En el balcón, un momento,
nos quedamos los dos solos;
desde la dulce mañana
de aquel día, éramos novios.

5   El paisaje soñoliento
dormía sus vagos tonos
bajo el cielo gris y rosa
del crepúsculo² de otoño.

Le dije que iba a besarla;
10 la pobre bajó los ojos
y me ofreció sus mejillas
como quien pierde un tesoro.

Las hojas muertas caían
en el jardín silencioso,
15 y en el aire fresco erraba
un perfume de heliotropo³.

No se atrevía a mirarme;
le dije que éramos novios,
y las lágrimas rodaron
20 de sus ojos melancólicos.

---

² Crepúsculo: claridad que hay desde que raya el día hasta que sale el sol, y desde que este
se pone hasta que es de noche. Aquí, atardecer.
³ Heliotropo: planta originaria del Perú, de la familia de las borragináceas, muy cultivada
en los jardines por el olor a vainilla de sus flores.

ARIAS TRISTES (1903)

[3]

Entre el velo de la lluvia
que pone gris el paisaje,
pasan las vacas, volviendo
de la dulzura del valle.

5 Las tristes esquilas⁴ suenan
alejadas, y la tarde
va cayendo tristemente
sin estrellas ni cantares.

La campiña se ha quedado
10 fría y sola con sus árboles;
por las perdidas veredas
hoy no volverá ya nadie.

Voy a cerrar mi ventana
porque si pierdo en el valle
15 mi corazón, quizás quiera
morirse con el paisaje.

---

⁴ Esquila: cencerro pequeño, en forma de campana, que llevan las vacas.

[4]

Yo estaba junto a mi mesa
y entre mis flores, leyendo
el libro triste y amargo
del poeta de mis sueños.

5 Ella se acercó callada
y me dijo: si los versos
te gustan más que mis labios,
ya nunca te daré un beso.

¿Vienes conmigo? ¡la tarde
10 está tan hermosa! Quiero
antes que llegue la noche
ir por jazmines al huerto.

—Si quieres, vamos; y mientras
coges jazmines, yo leo
15 el libro triste y amargo
del poeta de mis sueños.

Me miró triste; sus ojos
llenos de amor, me dijeron
que no. —¿No quieres?— Voy sola…
20 Entonces seguí leyendo.

¿Vienes conmigo?

¡Ya tarde está tan hermosa!

Con lento paso, la pobre
se fue, sufriendo en silencio;
se fue al huerto por jazmines…
yo me quedé con mis versos.

25 Iba vestida de blanco.
después mis ojos la vieron
llorando y cogiendo flores
allá en la sombra del huerto.

[5]

Para dar un alivio a estas penas
que me parten la frente y el alma,
me he quedado mirando a la luna
a través de las finas acacias.

5   En la luna hay un algo que sufre
entre un nimbo[5] divino de plata,
hay un algo que besa los ojos
y que seca llorando las lágrimas.

Yo no sé lo que tiene la luna
10   que acaricia, que duerme y que calma
y que mira en silencio a los tristes
con inmensas piedades de santa.

Y esta noche que sufro y que pienso
libertar de esta carne a mi alma,
15   me he quedado mirando a la luna
a través de las finas acacias.

----

[5] Nimbo: resplandor

JARDINES LEJANOS (1904)

[6]

El corazón no es un sueño;
hay corazones que sienten
el enredo de las rosas
de sus blancos floreceres;

5 que siente bien sus espinas,
que tienen sangre en la nieve,
perfumada de sus rosas,
y que saben que la tienen...

El corazón no es un sueño.
10 Hoy mi corazón me duele
por esa flor que se ha ido
a los parques de la muerte.

Y he sentido deshojarse
sus rosas blancas de nieve,
15 esta tarde, tarde triste,
¡ay! tarde azul, tristemente

azul, tarde azul de estío,
tarde que enflora y remuerde,
con una misma luz para
20 los tristes y los alegres...

El corazón es de rosas,
el corazón es de nieve,
tiene sus otoños de oro
y tiene sus hojas verdes.

25 Si fuera un sueño... ¡ay! si fuera
un sueño azul siempre... siempre
si no rompiera la música
cuando viniera la muerte...

[7]

(... *Par délicatesse J'ai perdu ma vie.*
A. RIMBAUD.)

Viento negro, luna blanca.
Noche de Todos los Santos.
Frío. Las campanas todas
de la tierra están doblando[6].

5 El cielo, duro. Y su fondo
da un azul iluminado
de abajo, al romanticismo
de los secos campanarios.

Faroles, flores, coronas
10 —¡campanas que están doblando!—
... Viento largo, luna grande,
noche de Todos los Santos.

---

[6] Las campanas están doblando: tocando a muerto.

... Yo voy muerto, por la luz
agria de las calles; llamo
15 con todo el cuerpo a la vida;
quiero que me quieran; hablo
a todos los que me han hecho
mudo, y hablo sollozando,
roja de amor esta sangre
20 desdeñosa[7] de mis labios.

¡Y quiero ser otro, y quiero
tener corazón, y brazos
infinitos, y sonrisas
inmensas, para los llantos
25 aquellos que dieron lágrimas
por mi culpa!
... Pero ¿acaso
puede hablar de sus rosales
un corazón sepulcrado[8]?

---

[7] Desdeñosa: indiferente y despreciativa.
[8] Sepulcrado: que está en el sepulcro, muerto.

30 —¡Corazón, estás bien muerto!
   ¡Mañana es tu aniversario!—

   Sentimentalismo, frío.
   La ciudad está doblando.
   Luna blanca, viento negro.
   Noche de Todos los Santos.

ELEGÍAS (1908)

[8]

¡Infancia! ¡Campo verde, campanario, palmera,
mirador de colores! ¡Sol, vaga mariposa
que colgabas, a la tarde de primavera,
sobre el cenit[9] azul una caricia rosa!

5 ¡Jardín cerrado, en el que un pájaro cantaba
por el verdor teñido de melodiosos[10] oros!
¡Brisa suave y fresca, en donde me llegaba
la música lejana de la plaza de toros!

… Antes de la amargura sin nombre del fracaso
10 que engalanó[11] de luto mi corazón doliente,
ruiseñor negro, amé, en la tarde de raso[12],
el silencio de todos o la voz de la fuente…

---

[9] Cenit: intersección de la vertical de un lugar con la esfera celeste, por encima de la cabeza del observador. Aquí, cielo.

[10] Melodiosos: dotados de melodía, dulce y agradable al oído. Este adjetivo, aplicado al color de oro de la tarde, resulta una sinestesia, recurso estilístico muy del gusto del poeta en toda su primera etapa.

[11] Engalanó: adornó.

[12] Raso: tela de seda brillante.

[9]

Iré, blanco, en la caja de negro terciopelo,
—una equívoca tarde de cielo azul y brillo
de elegía[13]—, podrido bajo el cristal del cielo,
a una música triste de metal amarillo...

5 Saldré al sol de los campos por la verde calleja,
y la serena brisa de la ciudad doliente
recogerá tan sólo, en una plaza vieja,
el chillar de unos pájaros y el bullir de una fuente.

Después vendrán los niños... Y el cristal pensativo
10 reflejará un ocaso[14] de claridades bellas,
y surgirá, al crepúsculo, un mundo limpio y vivo
bajo el temblor de plata de las blancas estrellas...

---

[13] Elegía: composición poética en que se lamenta una muerte o pérdida. Aquí, "una tarde de tristeza y lamentaciones".
[14] Ocaso: decadencia, acabamiento, fin.

la verde calleja
y la serena brisa de la ciudad
doliente

[10]

Cuando viene el otoño, me acuerdo siempre de ella...
¿Qué tenéis, dulces tardes, llenas de hojas caídas,
para encender de nuevo estas lumbres de estrella,
esta tibieza de nidos, estas bocas floridas?

5 El campo vio su amor. Yo, entonces, era un niño...
¡Hoy en el sol doliente que dora la ventana,
he vuelto a oler los nardos nevados de cariño
que me cogía ella, al sol de la mañana!

¡Otoño, triste otoño! Tiempo de almas sin flores,
10 primavera invertida, sol enfermo, quimera[15]
de ilusiones, ¿por qué remueves los amores
que murieron un día de oro, en primavera?

---

[15] Quimera: aquello que se propone a la imaginación como posible o verdadero, no
siéndolo. Sueño inalcanzable

BALADAS DE PRIMAVERA (1910)

[11]

BALADA DE LA MAÑANA DE LA CRUZ[16]

Dios está azul. La flauta y el tambor
anuncian ya la cruz de primavera[17].
¡Vivan las rosas, las rosas del amor
entre el verdor con sol de la pradera!

5 Vámonos, vámonos al campo por romero,
vámonos, vámonos
por romero y por amor...

Si yo le digo: ¿no quieres que te quiera?,
responderá radiante de pasión:
10 ¡cuando florezca la cruz de primavera
yo te querré con todo el corazón!

Vámonos, vámonos al campo por romero,
vámonos, vámonos
por romero y por amor...

---

[16] Juan Ramón cambió posteriormente cruz por luz. El poema se abría así a un significado nuevo.

[17] Cruz de primavera: alusión a las Cruces de mayo, celebraciones populares, muy comunes en Andalucía, de exaltación del símbolo de la cruz.

15 Florecerá la cruz de primavera,
y le diré: ya floreció la cruz.
Responderá:... ¿tú quieres que te quiera?,
¡y la mañana se llenará de luz!

Vámonos, vámonos al campo por romero,
20 vámonos, vámonos
por romero y por amor...

Flauta y tambor sollozarán de amores,
la mariposa vendrá con ilusión...
¡Ella será la virgen de las flores
25 y me querrá con todo el corazón!

[12]

BALADA DEL MAR LEJANO

La fuente aleja su sonata,
despiertan todos los caminos...
Mar de la aurora, mar de plata,
¡qué limpio está entre los pinos!

5 Viento del sur, ¿vienes sonoro
de soles? Ciegan los caminos...
Mar de la siesta, mar de oro,
¡qué alegre estás sobre los pinos!

Dice el verdón[18] no sé qué cosa...
10 mi alma se va por los caminos...
Mar de la tarde, mar de rosa,
¡qué dulce estás entre los pinos!

---

[18] Verdón: verderón, ave canora del tamaño y forma del gorrión.

[13]

VERDE VERDEROL

Verde verderol[19],
¡endulza la puesta del sol!

Palacio de encanto,
el pinar tardío
5 arrulla con llanto
la huida del río.
Allí el nido umbrío[20]
tiene el verderol.

Verde verderol,
10 ¡endulza la puesta del sol!

La última brisa
es suspiradora;
el rojo sol irisa[21]
al pino que llora.
15 ¡Vaga y lenta hora
nuestra, verderol!

Verde verderol,
¡endulza la puesta del sol!

---

[19] Verderol: verderón, ave canora del tamaño y forma del gorrión.
[20] Umbrío: sombrío, con sombra.
[21] Irisa, de irisar: presentar reflejos de luz, con colores semejantes a los del arco iris. Aquí, el sol ilumina y llena de colores al pino.

Soledad y calma;
20 silencio y grandeza.
La choza del alma
se recoje[22] y reza.
De pronto, ¡oh, belleza!,
canta el verderol.

25 Verde verderol,
¡endulza la puesta del sol!

Su canto enajena[23].
—¿Se ha parado el viento?—
El campo se llena
30 de su sentimiento.
Malva es el lamento,
verde el verderol.

Verde verderol,
¡endulza la puesta del sol!

---

[22] Recoje: recoge.
[23] Enajena, de enajenar: extasiar, embelesar, producir asombro o admiración.

[14]

ABRIL

(El día y Robert Browning)

El chamariz[24] en el chopo.
—¿Y qué más?
—El chopo en el cielo azul.
—¿Y qué más?
5   —El cielo azul en el agua.
—¿Y qué más?
—El agua en la hojita nueva.
—¿Y qué más?
—La hojita nueva en la rosa.
10   —¿Y qué más?
—La rosa en mi corazón.
—¿Y qué más?
—¡Mi corazón en el tuyo!

---

[24] Chamariz: lugano, pájaro del tamaño del jilguero de plumaje verdoso. Suele imitar el sonido de otros pájaros.

[15]

BALADA TRISTE DEL PÁJARO LEJANO

Canta, pájaro lejano…
—¿En qué jardín, en qué campo?—

Yo estoy aquí, solitario,
en la penumbra[25] del cuarto,
5   viendo el piano cerrado
y los románticos cuadros…

Canta, pájaro lejano…

Sobre el río habrá un ocaso[26]
de cristales encantados…
10   pasará un alegre barco
entre el oro de los álamos…

Canta, pájaro lejano…

En el huerto, los naranjos
estarán llenos de pájaros…
15   El cielo se irá, cantando,
en el agua del regato[27]…

---

[25] Penumbra: sombra.
[26] Ocaso: atardecer, puesta de sol.
[27] Regato: arroyo pequeño.

Canta, pájaro lejano…

Tú, pinar, verde palacio,
detendrás el viento plácido…
20 El mar brillará, temblando,
entre tus adelfos[28] blancos…

Canta, pájaro lejano…

Yo estoy aquí, solitario,
en la penumbra del cuarto,
25 viendo el piano cerrado
y los románticos cuadros…

Canta, pájaro lejano…
—¿En qué rosal, en qué árbol?—

---

[28] Adelfos: adelfas, arbusto muy ramoso, de hojas persistentes semejantes a las del laurel, y grupos de flores blancas, rojizas, róseas o amarillas.

[16]

BALADA DEL ALMORADUJ[29]

Yo iba cantando… la luna blanca y triste
iba poniendo medrosa la colina…
Entonces tú, molinera, apareciste
blanca de luna, de flores y de harina.

5   Almoraduj del monte, tú
estabas blanco de luna, almoraduj.

—Blanca, ¿qué buscas?— Estoy cogiendo la luna
entre las rosas de olor de la colina;
quiero ponerte más blanca que ninguna,
10 más que Rocío, que Estrella y que Francina—.

Almoraduj del monte, tú
estabas blanco de luna, almoraduj.

—Tú eres más blanca que el más blanco lucero,
más que Rocío, Estrella y que Francina,
15 tus manos blancas alumbran el sendero
blanco que va bajando a la colina—.

Almoraduj del monte, tú
estabas blanco de luna, almoraduj.

---

[29] Almoraduj: mejorana, planta aromática de olor muy agradable.

Entonces tú, molinera, me prendiste
20   un beso blanco de flores y de harina.
Yo iba cantando… La luna blanca y triste
iba poniendo de aurora la colina…

Almoraduj del monte, tú
estabas blanco de luna, almoraduj.

LA SOLEDAD SONORA (1911)

[17]

> ¿Por qué murmuras, arroyo?
> y tú, flauta, ¿por qué cantas?
> ¿qué bocas duermen en la
> sombra del aire y del agua?
>
> 5 ¿Aprendes, flauta, del pájaro?
> ¿o es el viento entre las cañas?
> ¿qué idilio[30] pasó una tarde
> por la vega verde y plácida?
>
> Y tú, arroyo, ¿le has robado
> 10 al sol su armonía áurea[31],
> o te dieron las estrellas
> su música desgranada?

---

[30] Idilio: charla amorosa. Por extensión, aquí, novios (que pasean charlando).
[31] Áurea: de oro.

¿Os oyen todos? ¿Acaso
sólo os escucha mi alma?
15   ¡sois silencio hecho de voces,
o sois voces apagadas?

¡Arroyo, flauta, debajo
de las frondas[32], cuando el aura[33]
abre claros horizontes
20   entre el verdor de las ramas!

---

[32] Fronda: conjunto de hojas o ramas que forman espesura.
[33] Aura: viento suave y apacible.

La soledad

¿Por qué murmuras
arroyo?

[18]

Canta otro ruiseñor

¿Qué tienes, ruiseñor, dentro de la garganta,
que haces rosas de plata de tu melancolía?
pareces una errante[34] guirnalda[35] azul, que canta
todo lo que en la sombra es ensueño y poesía...

5   Cuando entre la nostalgia[36] de la noche de junio
lloras entre los árboles constelados[37] de flores,
y viertes en la blanca quietud del plenilunio[38]
tu corazón henchido de líricos dolores;

el otro ruiseñor que en mi palacio anida
10 abre sus ojos negros y te mira soñando...
una ventana se abre, y en la hora dormida
surte[39] otra voz doliente que solloza cantando...

Y no se sabe, en medio de la calma de plata,
si tú respondes a él, o si él te responde...
15 si sois dos notas dulces de la misma sonata[40]...
si vuestro canto viene de la muerte... o de dónde...

---

[34] Errante, de errar: andar vagando de una parte a otra.
[35] Guirnalda: corona abierta, tejida de flores, hierbas o ramas, con que se ciñe la cabeza.
[36] Nostalgia: tristeza melancólica originada por el recuerdo de una dicha perdida.
[37] Constelados: llenos, cubiertos.
[38] Plenilunio: luna llena.
[39] Surte, de surtir: brotar, aparecer.
[40] Sonata: composición musical.

[19]

Las antiguas arañas[41] melodiosas temblaban
maravillosamente sobre las mustias flores…
sus cristales heridos por la luna soñaban
guirnaldas temblorosas de pálidos colores…

5   Estaban los balcones abiertos al sur… Era
una noche inmortal, serena y transparente…
de los campos lejanos, la nueva primavera
mandaba, con la brisa, su aliento, dulcemente…

¡Qué silencio! Las penas ahogaban su ruido
10 de espectros[42] en las rosas vagas de las alfombras…
el amor no existía… tornaba del olvido
una ronda infinita de trastornadas sombras…

Todo lo era el jardín… Morían las ciudades…
Las estrellas azules, con la vana indolencia[43]
15 de haber visto los duelos de todas las edades,
coronaban de plata mi nostalgia y mi ausencia.

---

[41] Araña: clase de lámpara. Especie de candelabro sin pie y con varios brazos, que se
cuelga del techo.
[42] Espectros: espíritus, fantasmas.
[43] Indolencia: insensibilidad, pereza, flojera.

[20]

Viene una esencia triste de jazmines con luna
y el llanto de una música romántica y lejana...
de las estrellas baja dolientemente una
brisa con los colores nuevos de la mañana...

5   Espectral, amarillo, doloroso y fragante,
por la niebla de la avenida voy perdido,
mustio de la armonía, roto de lo distante,
muerto entre los rosales pálidos del olvido...

Y aún la luna platea las frondas[44] de tibieza
10   cuando ya el día rosa viene por los jardines,
anegando[45] en sus lumbres esta vaga tristeza
con música, con llanto, con brisa y con jazmines.

---

[44] Fronda: conjunto de hojas o ramas que forman espesura.
[45] Anegar: inundar.

PASTORALES (1911)

[21]

Tristeza dulce del campo…
La tarde viene cayendo;
de las praderas segadas
llega un suave olor a heno[46].

5   Los pinares se han dormido;
sobre la colina, el cielo
es tristemente violeta;
canta un ruiseñor despierto.

Vengo detrás de una copla
10   que había por el sendero,
copla de llanto, aromada[47]
con el olor de este tiempo;

una copla que lloraba
no sé qué cariño muerto,
15   de otras tardes de septiembre
que olieron también a heno.

---

[46] Heno: planta de la familia de las Gramíneas.
[47] Aromada: perfumada.

[22]

Allá vienen las carretas…
Lo han dicho el pinar y el viento,
lo ha dicho la luna de oro,
lo han dicho el humo y el eco…

5 Son las carretas que pasan
estas tardes, al sol puesto,
las carretas que se llevan
del monte los troncos muertos…

¡Cómo lloran las carretas
10 camino del Pueblo-nuevo!

Los bueyes vienen soñando
a la luz de los luceros,
con el establo caliente
que huele a madre y a heno.

15 Y detrás de las carretas,
caminan los carreteros,
con la aijada⁴⁸ sobre el hombro
y los ojos en el cielo.

¡Cómo lloran las carretas
20 camino del Pueblo-nuevo!

---

⁴⁸ Aijada: aguijada, vara larga que en un extremo tiene una punta de hierro con que
los boyeros pican a la yunta de bueyes.

En la paz del campo, van
dejando los troncos muertos
un olor fresco y honrado
a corazón descubierto.

25 Y viene el Ángelus[49] desde
la torre del pueblo viejo,
sobre los campos arados
que huelen a cementerio.

¡Cómo lloran las carretas
30 camino del Pueblo-nuevo!

Cuando pasan las carretas
por la puerta de mi huerto,
rezo por los pobres troncos
un humilde Padre-nuestro;

35 Y sueño con la lluvia
de rosas para los viejos
que dan amor a los nidos
estas tardes del invierno…

¡Cómo lloran las carretas
40 camino del Pueblo-nuevo!

---

[49] Ángelus: oración en honor del misterio de la Encarnación, así llamada por la palabra
con que comienza. Un toque de campana indica a los fieles la hora de dicha oración,
por la mañana, al mediodía y al atardecer.

POEMAS MÁGICOS Y DOLIENTES (1911)

[23]

PRIMAVERA AMARILLA

Abril, galán, venía todo
lleno de flores amarillas…
amarillo el arroyo,
amarilla la senda, la colina,
5   el cementerio de los niños,
¡el huerto aquel donde el amor vivía!

El sol ungía[50] el mundo de amarillo
con sus luces caídas;
¡oh por los lirios áureos[51],
10   el agua clara, tibia!,
¡las amarillas mariposas
sobre las rosas amarillas!

Guirnaldas[52] amarillas escalaban
los árboles, el día
15   era una gracia perfumada de oro
en un dorado despertar de vida…
Entre los huesos de los muertos,
abría Dios sus manos amarillas.

---

[50] Ungía, de ungir: cubría, bañaba (el sol cubría al mundo con su luz amarilla).
[51] Áureos: de oro, dorados.
[52] Guirnalda: corona abierta, tejida de flores, hierbas o ramas, con que se ciñe la cabeza.

Abril, ga' lôi, venia todo lleno de flores amarillas...

POEMAS AGRESTES (1912)

[24]

EL VIAJE DEFINITIVO[53]

… Y yo me iré. Y se quedarán los pájaros
cantando.
Y se quedará mi huerto con su verde árbol
y con su pozo blanco.

5   Todas las tardes el cielo será azul y plácido
y tocarán, como esta tarde están tocando,
las campanas del campanario.

  Se morirán los que me amaron,
y el pueblo se hará nuevo cada año;
10 y lejos del bullicio distinto, sordo, raro,
del domingo cerrado,
del coche de las cinco, de las siestas del baño,
en el rincón secreto de mi huerto florido y encalado,
mi espíritu de hoy errará, nostáljico[54]…

15 Y yo me iré, y seré otro, sin hogar, sin árbol
verde, sin pozo blanco,
sin cielo azul y plácido…
Y se quedarán los pájaros cantando.

---

[53] Este poema apareció inicialmente en *Rimas* y fue "revivido", más tarde, por Juan Ramón. En su primera versión decía, en verso número 15 "y yo me iré y estaré solo…" con lo cual el poema tenía otro significado.
[54] Nostáljico: nostálgico.

MELANCOLÍA (1912)

[25]

La viudita, la viudita,
la viudita se quiere casar…
Canción de niños

Por la tarde, mi triste fantasía, doblada
sobre el cristal, escucha los cantos de los niños,
los cantos de los niños, que nunca dicen nada,
que son rondas de flores, música de cariños…

5   Música de cariños que llora con mi alma;
que destila[55] en mi vida como cándidas mieles,
hasta que la adormece en una suave calma,
abierta, igual que el alba, a no sé qué verjeles[56]…

A no sé qué verjeles… y hay ojos que me miran,
10 y brazos que me mecen con un ritmo insondable[57]…
las estrellas me hablan, los lirios me suspiran…
una luz infinita inflama lo inefable[58]…

---

[55] Destila, de destilar: revelar, hacer surgir (el canto de los niños hace surgir la dulzura y la calma en el ánimo del poeta).
[56] Verjeles: vergeles, huerto con variedad de flores y árboles frutales.
[57] Insondable: incomprensible, que no logra entender.
[58] Inefable: que no puede ser expresado con palabras.

LABERINTO (1913)

[26]

¡Este beso!, una cosa tan fragante[59], tan leve,
de seda, de frescura, mariposa de un labio,
una flor que no es flor, que va, bajo los ojos
negros, cual un lucero de carne y luz, volando…

5   Algo que huele a sol, a dientes, a puñales,
a estrellas, a rocío, a sangre, a luna… algo
que es como un agua cálida que se retira, como
el aire de un incendio, errabundo[60] y balsámico[61]…

¿Es el alma que quiere entregarse? ¿Un rubí[62]
10   del corazón, que abre su sagrario de raso[63]?
¡Un beso! Y las mejillas se tocan y se rozan…
y son nieves que arden… y se encuentran las manos…

---

[59] Fragante: oloroso, perfumado, de olor suave y delicioso.
[60] Errabundo: que va errando, sin rumbo fijo.
[61] Balsámico: que produce consuelo, alivio.
[62] Rubí: piedra preciosa de color rojo y brillo intenso.
[63] Raso: tela de seda.

ESTÍO (1916)

[27]

CONVALECENCIA

Sólo tú me acompañas, sol amigo.
Como un perro de luz lames mi lecho blanco;
y yo pierdo mi mano por tu pelo de oro,
caída de cansancio.

5   ¡Qué de cosas que fueron
se van... más lejos todavía!
                    Callo
y sonrío, igual que un niño,
dejándome lamer de ti, sol manso.

10 ... De pronto, sol, te yergues[64],
fiel guardián de mi fracaso,
y, en una algarabía[65] ardiente y loca,
ladras a los fantasmas vanos
que, mudas sombras, me amenazan
15 desde el desierto del ocaso.

---

[64] Yergues, de erguirse: levantarse, ponerse derecho.
[65] Algarabía: gritería confusa e incomprensible.

[28]

Para quererte, al destino
le he puesto mi corazón.
¡Ya no podrás liberarte
—¡ya no podré libertarme!—
5   de lo fatal[66] de este amor!

No lo pienso, no lo sientes;
yo y tú somos ya tú y yo,
como el mar y como el cielo
cielo y mar, sin querer, son.

---

[66] Fatal: inevitable.

SONETOS ESPIRITUALES (1917)

[29]

NADA

A tu abandono opongo la elevada
torre de mi divino pensamiento;
subido a ella, el corazón sangriento
verá la mar, por él empurpurada[67].

5   Fabricaré en mi sombra la alborada[68],
mi lira[69] guardaré del vano viento,
buscaré en mis entrañas mi sustento[70]...
Mas ¡ay!, ¿y si esta paz no fuera nada?

¡Nada, sí, nada, nada!... — O que cayera
10   mi corazón al agua, y de este modo
fuese el mundo un castillo hueco y frío...—

Que tú eres tú, la humana primavera,
la tierra, el aire, el agua, el fuego, ¡todo!,
... ¡y soy yo sólo el pensamiento mío!

---

[67] Empurpurada: del color de la púrpura: muy roja.
[68] Alborada: amanecer.
[69] Lira: poesía, inspiración.
[70] Sustento: alimento, sostén, apoyo.

[30]

RETORNO FUGAZ

¿Cómo era, Dios mío, cómo era?
—Oh, corazón falaz[71], mente indecisa!—
¿Era como el paisaje de la brisa?
¿Cómo la huida de la primavera?

5   Tan leve, tan voluble[72], tan ligera
cual estival[73] vilano[74]… ¡Sí! Imprecisa
como sonrisa que se pierde en risa…
¡Vana en el aire, igual que una bandera!

¡Bandera, sonreír, vilano, alada
10   primavera de junio, brisa pura…!
¡Qué loco fue tu carnaval, qué triste!

Todo tu cambiar trocase[75] en nada
—memoria, ciega abeja de amargura!—
¡No sé cómo eras, yo que sé que fuiste!

---

[71] Falaz: embustero, falso.
[72] Voluble: inconstante.
[73] Estival: relativo al verano.
[74] Vilano: apéndice de pelos o filamentos que corona el fruto de muchas plantas y le sirve para ser transportado por el aire.
[75] Trocose, de trocar: cambiar. Lleva el pronombre "se" enclítico, es decir, detrás del verbo.

Ciega abeja de amargura,
no sé cómo eras, yo que sé que pintó!

[31]

OCTUBRE

Estaba echado yo en la tierra, enfrente
del infinito campo de Castilla,
que el otoño envolvía en la amarilla
dulzura de su claro sol poniente.

5 Lento, el arado, paralelamente
abría el haza[76] oscura, y la sencilla
mano abierta dejaba la semilla
en su entraña partida honradamente.

Pensé arrancarme el corazón, y echarlo,
10 pleno de su sentir alto y profundo,
al ancho surco del terruño tierno,

a ver si con partirlo y con sembrarlo,
la primavera le mostraba al mundo
el árbol puro del amor eterno.

---

[76] Haza: porción de tierra de labranza o de sembradura.

[32]

MUJER CELESTE

Trocada[77] en blanco toda la hermosura
con que ensombreces la naturaleza,
te elevaré a la clara fortaleza,
torre de mi ilusión y mi locura.

5 Allí, cándida rosa, estrella pura,
me dejarás jugar con tu belleza…
Con cerrar bien los ojos, mi tristeza
reirá, pasado infiel de mi ventura.

Mi vivir duro así será el mal sueño
10 del breve día; en mi nocturno largo,
será el mal sueño de tu cruel olvido;

desnuda en lo ideal, seré tu dueño;
se derramará abril por mi letargo[78]
y creeré que nunca has existido.

---

[77] Trocada, de trocar: cambiar.
[78] Letargo: sueño, sopor, modorra.

DIARIO DE UN POETA RECIÉN CASADO (1917)

[33]

De Moguer al tren, en coche,
27 de enero.

AMANECER

… ¡Qué malestar, qué sed, qué estupor[79] duro,
entre esta confusión de sol y nube,
de azul y luna, de la aurora
retardada!
5 Escalofrío. Pena aguda…

Parece que la aurora me da a luz,
que estoy ahora naciendo,
delicado, ignorante, temeroso
como un niño.

10 Un momento volvemos a lo otro
—vuelvo a lo otro—, al sueño, al no nacer –¡qué lejos!
y tornamos —y torno— a esto,
solos —solo…—

Escalofríos…

---

[79] Estupor: asombro, pasmo.

[34]

Moguer,
23 de enero.

MOGUER

Moguer. Madre y hermanos.
El nido limpio y cálido…
¡Qué sol y qué descanso
de cementerio blanqueado!

5   Un momento, el amor se hace lejano.
No existe el mar; el campo
de viñas, rojo y llano,
es el mundo, que el mar adorna sólo, claro
y tenue[80], como un resplandor vano[81].

10 ¡Aquí estoy bien clavado!
¡Aquí morir es sano!
¡Este es el fin ansiado
que huía en el ocaso![82]

Moguer. ¡Despertar santo!
15 Moguer. Madre y hermanos.

---

[80] Tenue: delicado.
[81] Vano: inútil, infructuoso o sin efecto.
[82] Ocaso: puesta del sol, atardecer, decadencia, acabaminento.

[35]

Moguer
24 de junio.

MADRE

Te digo al llegar, madre,
que tú eres como el mar; que aunque las olas
de tus años se cambien y te muden[83],
siempre es igual tu sitio
5   al paso de mi alma.

No es preciso medida
ni cálculo para el conocimiento
de ese cielo de tu alma;
el color, hora eterna,
10   la luz de tu poniente[84],
te señalan ¡oh madre! entre las olas,
conocida y eterna en su mudanza.

---

[83] Muden, de mudar: variar, cambiar.
[84] Poniente: occidente, oeste, punto cardinal; ocaso, atardecer.

[36]

1 de febrero

SOLEDAD

En ti estás todo, mar, sin embargo,
¡qué sin ti estás, qué solo.
qué lejos, siempre, de ti mismo!

Abierto en mil heridas, cada instante,
5   cual mi frente,
tus olas van, como mis pensamientos,
y vienen, van y vienen,
besándose, apartándose,
en un eterno conocerse,
10   mar, y desconocerse.

Eres tú, y no lo sabes,
tu corazón te late y no lo siente…
¡Qué plenitud[85] de soledad, mar sólo!

---

[85] Plenitud: apogeo, momento culminante, totalidad.

[37]

1 de febrero

MONOTONÍA

EL mar de olas de zinc[86] y espumas
de cal, nos sitia[87]
con su inmensa desolación[88].
Todo está igual —al norte,
5   al este, al sur, al oeste, cielo y agua—,
gris y duro,
seco y blanco.
¡Nunca un bostezo
mayor ha abierto de este modo el mundo!

10 Las horas son de igual medida
que todo el mar y todo el cielo
gris y blanco, seco y duro;
cada una es un mar, y gris y seco,
y un cielo, y duro y blanco.

---

[86] Zinc: cinc, metal de color blanco y brillante.
[87] Sitia: de sitiar, cercar a alguien cortándole todas las salidas.
[88] Desolación: aflicción, angustia.

15 No es posible salir de este castillo
abatido[89] del ánimo!
Hacia cualquier parte— al oeste,
al sur, al este, al norte—,
un mar de zinc y yeso[90],
20 un cielo, igual que el mar, de yeso y zinc,
—ingastables tesoros de tristeza—,
sin naciente ni ocaso…

---

[89] Abatido: sin ánimo, sin fuerzas, sin vigor.
[90] Yeso: sulfato de calcio hidratado, blando y de color blanco. Aquí, el mar y el cielo tienen color blanco.

[38]

7 de febrero

CIELO

Te tenía olvidado,
cielo, y no eras
más que un vago[91] existir de luz,
visto —sin nombre—
5   por mis cansados ojos indolentes[92].
Y aparecías, entre las palabras
perezosas y desesperanzadas del viajero,
como en breves lagunas repetidas
de un paisaje de agua visto en sueños…

10 Hoy te he mirado lentamente,
y te has ido elevando hasta tu nombre.

---

[91] Vago: impreciso, indeterminado.
[92] Indolentes: perezosos, insensibles, descuidados. Aquí, los ojos del poeta miraban al cielo por costumbre, distraídamente, hasta que en un momento toma conciencia y el nombre "cielo" se llena de sentido y realidad, uniéndose así significante y significado.

ETERNIDADES (1918)

[39]

¡Intelijencia[93], dame
el nombre exacto de las cosas!
… Que mi palabra sea
la cosa misma,
5   creada por mi alma nuevamente.
Que por mí vayan todos
los que no las conocen, a las cosas;
que por mí vayan todos
los que ya las olvidan, a las cosas;
10 que por mí vayan todos
los mismos que las aman, a las cosas…
¡Intelijencia, dame
el nombre exacto, y tuyo,
y suyo, y mío, de las cosas!

---

[93] Intelijencia: inteligencia.

[40]

Vino, primero, pura,
vestida de inocencia.
Y la amé como un niño.

Luego se fue vistiendo
5   de no sé qué ropajes.
Y la fui odiando, sin saberlo.

Llegó a ser una reina,
fastuosa[94] de tesoros…
¡Qué iracundia[95] de yel[96] y sin sentido!

10   … Mas se fue desnudando.
Y yo le sonreía.

Se quedó con la túnica
de su inocencia antigua.
Creí de nuevo en ella.

15   Y se quitó la túnica,
y apareció desnuda toda…
¡Oh pasión de mi vida, poesía
desnuda, mía para siempre!

---

[94] Fastuosa: lujosa, magnífica.
[95] Iracundia: ira, cólera.
[96] Yel: hiel, bilis, amargura, aspereza, cólera, irritabilidad. Aquí el poeta siente cólera y amargura cuando advierte que su poesía había perdido la sencillez y se había complicado en exceso (alusión a su etapa Modernista).

... Mas se fue desnudando
Y yo le sonreía.
Y se quitó la túnica...

[41]

Yo sólo Dios y padre y madre míos,
me estoy haciendo, día y noche, nuevo
y a mi gusto.

Seré más yo, porque me hago
5   conmigo mismo,
conmigo sólo,
hijo también y hermano, a un tiempo
que madre y padre y Dios.

Lo seré todo,
10 pues que mi alma es infinita;
y nunca moriré, pues que soy todo.

¡Qué gloria, qué deleite[97], qué alegría,
qué olvido de las cosas,
en esta nueva voluntad,
15 en este hacerme yo a mí mismo eterno!

---

[97] Deleite: placer.

[42]

Yo no soy yo.
      Soy este
que va a mi lado sin yo verlo;
que, a veces, voy a ver,
5   y que, a veces, olvido.
El que calla, sereno[98], cuando hablo,
el que perdona, dulce, cuando odio,
el que pasea por donde no estoy,
el que quedará en pie cuando yo muera.

---

[98] Sereno: apacible, sosegado, tranquilo.

PIEDRA Y CIELO (1919)

[43]

EL POEMA

¡No le[99] toques ya más,
que así es la rosa[100]!

---

[99] Le: pronombre personal, referido aquí al poema.
[100] La rosa: simboliza aquí el poema. Juan Ramón alude a la creación poética y a la constante depuración del poema a la que él se entregaba. Las correcciones deben llevar al poema al límite máximo de su capacidad poética, deben llegar a dar con la perfecta unión significante-significado, pero también tienen un límite que no hay que traspasar.

[44]

Mariposa de luz[101],
la belleza se va cuando yo llego
a su rosa.

Corro, ciego, tras ella…
5   La medio cojo aquí y allá…

¡Sólo queda en mi mano
la forma de su huida!

---

[101] La mariposa de luz, metáfora de la belleza, huye cuando se va a alcanzar. Juan Ramón reflexiona sobre la dificultad de la creación poética, de lograr la belleza-perfección total a la que aspira.

[45]

OCIO[102] LLENO

Dante.

¡Qué descanso
tan lleno de trabajo dulce! ¡Qué horizonte
elástico, hasta el fin de lo infinito,
el de mi echado corazón sereno!

5 —Late, late profundo.
Cada latido suyo cava
una mina divina de tesoros
en mi alma—.

¡Qué mirar, qué ver este
10 tan pleno, desde todo, contra todo,
descansando!

---

[102] Ocio: cesación del trabajo. Tiempo libre.

[46]

De pronto, me dilata
mi idea,
y me hace mayor que el universo.

Entonces, todo
5   se me queda dentro. Estrellas
duras, hondos mares,
ideas de otros, tierras
vírjenes[103], son mi alma.

Y en todo mando yo,
10 mientras, sin comprenderme,
todo en mí piensa.

---

[103] Vírgenes: vírgenes.

POESÍA (1923)

[47]

CANCIÓN

Canción, tú eres vida mía,
y vivirás, vivirás;
y las bocas que te canten,
cantarán eternidad.

[48]

¡NADA todo? Pues ¿y este gusto entero
de entrar bajo la tierra, terminado
igual que un libro bello?
¿Y esta delicia plena
5   de haberse desprendido de la vida,
como un fruto perfecto de su rama?
¿Y esta alegría sola
de haber dejado en lo invisible
la realidad completa del anhelo,
10   como un río que pasa hacia la mar,
su perene[104] escultura?

---

[104] Perene: perenne.

[49]

AURORAS DE MOGUER

¡Los álamos de plata,
saliendo de la bruma!
¡El viento solitario
por la marisma oscura,
5   moviendo —terremoto
irreal— la difusa
Huelva lejana y rosa!
¡Sobre el mar, por La Rábida,
en la gris perla húmeda
10   del cielo, aún con la noche
fría tras su alba cruda
—¡horizontes de pinos!—,
fría tras su alba blanca
la deslumbrada luna!

¡Los álamos de plata,
saliendo de la bruma!

[50]

AMOR

Todas las rosas son la misma rosa,
¡amor!, la única rosa;
y todo queda contenido en ella,
breve imagen del mundo,
5   ¡amor! la única rosa.

[51]

¿Cómo, muerte, tenerte
miedo? ¿No estás aquí conmigo, trabajando?
¿No te toco en mis ojos; no me dices
que no sabes de nada, que eres hueca,
5   inconsciente y pacífica? ¿No gozas,
conmigo, todo: gloria, soledad,
amor, hasta tus tuétanos[105]?
¿No me estás aguantando,
muerte, de pie, la vida?
10   ¿No te traigo y te llevo, ciega,
como tu lazarillo? ¿No repites
con tu boca pasiva
lo que quiero que digas? ¿No soportas,
esclava, la bondad con que te obligo?
15   ¿Qué verás, qué dirás, adónde irás
sin mí? ¿No seré yo,
muerte, tu muerte, a quien tú, muerte,
debes temer, mimar, amar?

---

[105] Tuétano: médula, sustancia interior de los huesos.

BELLEZA (1923)

[52]

LA OBRA[106]

¡Qué puro el fuego cuando se ejercita,
—¡corazón, hierro, Obra!—
¡Cómo salen de claras
sus llamas, del trabajo rojo y negro!
5   ¡Con qué alegre belleza se relame[107]
con sus lenguas de espíritu,
en el aire por él transparentado,
—¡corazón, Obra, hierro!—,
después de la pelea y la victoria!

---

[106] La Obra –recordamos– es uno de los grandes temas de la poesía de Juan Ramón. El poeta se entrega a ella por completo y como trabajo gustoso. En este poema se compara el trabajo del poeta con el de un herrero en su fragua. Lo que él trabaja es su Obra, que al final logra conseguir gracias a este continuado esfuerzo.

[107] Relame: de relamer, lamerse los labios como signo de gusto, gloria o alegría.

[53]

La muerte[108] es una madre nuestra antigua,
nuestra primera madre, que nos quiere
a través de las otras, siglo a siglo,
y nunca, nunca nos olvida;
5   madre que va, inmortal, atesorando
—para cada uno de nosotros sólo—
el corazón de cada madre muerta;
que está más cerca de nosotros,
cuántas más madres nuestras mueren;
10 para quien cada madre sólo es
un arca de cariño que robar,
—para cada uno de nosotros sólo—:
madre que nos espera,
como madre final, con un abrazo inmensamente
abierto,]
15 que ha de cerrarse, un día, breve y duro,
en nuestra espalda, para siempre.

---

[108] La muerte fue otro de los grandes temas en la obra de Juan Ramón. Aquí, el poeta
la identifica con la madre tierra, que nos abre sus brazos.

[54]

CANCIÓN

Arriba canta el pájaro,
y abajo canta el agua.
—Arriba y abajo,
se me abre el alma—.

5   Mece a la estrella el pájaro,
a la flor mece el agua.
—Arriba y abajo,
me tiembla el alma—.

[55]

AZUL PRIMERO

Me despertó un olor suave, y vi una estrella
que se iba, sonriendo, de mis ojos;
—sonriendo de haber estado
toda la noche frente a mí,
5   desnuda, y perfumando, y sonriendo—.

OLVIDOS DE GRANADA (1945)

[56]

GENERALIFE[109]

(A Isabel García Lorca,
hadilla del Generalife)

Nadie más. Abierto todo,
pero ya nadie faltaba.
No eran mujeres ni niños,
no eran hombres, eran lágrimas
5   —¿quién se podría llevar
la inmensidad de sus lágrimas?—
que temblaban, que corrían,
arrojándose en el agua.

... Hablan las aguas y lloran,
10   bajo las adelfas blancas;
bajo las adelfas rosas,
lloran las aguas y cantan,
por el arrayán en flor,
sobre las aguas opacas.

15   ¡Locura de canto y llanto,
de las almas, de las lágrimas!
Entre las cuatro paredes,
penan, cual llamas, las aguas;
las almas hablan y lloran,

---

[109] En este poema Juan Ramón Jiménez recupera una de las formas más tradicionales
de la lírica española: el romance.

20 las lágrimas olvidadas;
las aguas que cantan y lloran,
las emparedadas almas.

… ¡Por allí la están matando!
¡Por allí se la llevaban!
25 —Desnuda se la veía—
¡Corred, corred, que se escapan!
—Y el alma quiere salirse,
mudarse en mano de agua,
acudir a todas partes
30 con palabra desatada,
hacerse lágrima en pena,
en las aguas, con las almas…—
¡Las escaleras arriba!
¡No, la escalera bajaban!
35 —¡Qué espantosa confusión
de almas, de aguas, de lágrimas;
qué amontonamiento pálido
de fugas enajenadas[110]!
—¿Y cómo saber qué quieren?
40 ¿Dónde besar? ¿Cómo, alma,
almas ni lágrimas ver,
temblorosas en el agua?
¡No se pueden separar;
dejadlas huir, dejadlas!—
45 … ¿Fueron a oler las magnolias,
a asomarse por las tapias,
a esconderse en el ciprés,

---

[110] Enajenada: de enajenar: sacar a una persona fuera de sí, turbarle el uso de la razón o de los sentidos.

a hablarle a la fuente baja?
… ¡Silencio, que ya no lloran!
50 ¡Escuchad, que ya no hablan!
Se ha dormido el agua, y sueña
que la desenlagrimaban[111];
que las almas que tenía,
no lágrimas, eran alas;
55 dulce niña en su jardín,
mujer con su rosa grana,
niño que miraba el mundo,
hombre con su desposada…
Que cantaba y que reía…
60 ¡Que cantaba y que lloraba,
con rojos de sol poniente
en las lágrimas más altas,
en el más alto llamar,
rodar de alma ensangrentada!

65 ¡Caída, tendida, rota
el agua celeste y blanca!
¡Con qué desencajamiento,
sobre el brazo se levanta!
Habla con más a sus sueños,
70 que se le van de las ansias;
parece que se resigna
dándole la mano al alma,
mientras la estrella de entonces,
presencia eterna, la engaña.

---

[111] Desenlagrimaban: quitaban las lágrimas.

75 Pero se vuelven otra vez
del lado de su desgracia;
mete la cara en las manos,
no quiere a nadie ni nada,
y clama para morirse,
80 y huye sin esperanza.
… Hablan las aguas y lloran,
lloran las aguas y cantan.
¡Oh, qué desolación
de traída y de llevada;
85 qué llegar al rincón último,
en repetición sonámbula;
qué darse con la cabeza
en las finales murallas!

—… En agua el alma se pierde,
90 y el cuerpo baja sin alma;
sin llanto el cuerpo va,
que lo deja con el agua,
llorando, hablando, cantando,
con las almas, con las lágrimas
95 del laberinto de pena,
entre las adelfas blancas,
entre las adelfas rosas
de la tarde parda y plata,
con el arrayán ya negro,
100 bajo las fuentes cerradas—.

LA ESTACIÓN TOTAL (1946)

[57]

El OTOÑADO

Estoy completo de naturaleza,
en plana tarde de áurea[112] madurez,
alto viento en lo verde traspasado.
Rico fruto recóndito[113], contengo
5   lo grande elemental en mí (la tierra,
el fuego, el agua, el aire),el infinito.

Chorreo luz; doro el lugar oscuro,
transmino[114] olor; la sombra huele a dios,
emano[115] son[116]; lo amplio es honda música,
10   filtro sabor; la mole bebe mi alma,
deleito tacto de soledad.

---

[112] Áurea: de oro.
[113] Recóndito: escondido.
[114] Transmino: de transminar, es decir, penetrar un olor, un líquido, etc.
[115] Emano: de emanar, emitir, desprender de sí.
[116] Son: sonido

Soy tesoro supremo, desasido,
con densa redondez de limpio iris[117],
del seno de la acción. Y yo soy todo.
15 Lo todo que es el colmo de la nada,
el todo que se basta y que es servido
de lo que todavía es ambición.

---

[117] Iris: arco iris

[58]

ROSA ÚLTIMA

—¡Cójela, coje[118] la rosa!
—¡Que no, que es el sol!

—La rosa de llama,
la rosa del oro,
5 la rosa ideal.

—¡Que no, que es el sol!

—La rosa de gloria,
la rosa del sueño,
la rosa final.

10 —¡Que no, que es el sol!
—¡Cójela, coje la rosa!

---

[118] Coje, cójela: coger.

La rosa de gloria
la rosa del sueño
la rosa final.

[59]

SU SITIO FIEL

Las nubes y los árboles se funden
y el sol transparenta su honda paz.
Tan grande es la armonía del abrazo,
que la quiere gozar también el mar,
5   el mar que está tan lejos, que se acerca,
que ya se oye latir, que huele ya.

El cerco universal se va apretando,
y en toda la hora azul no hay más
que la nube, que el árbol, que la ola,
10   síntesis de la gloria cenital[119].
El fin está en el centro. Y se ha sentado
aquí, en su sitio fiel, la eternidad.

Para esto hemos venido. (Cae todo
lo otro, que era luz provisional).
15   Y todos los destinos aquí salen,
aquí entran, aquí suben, aquí están.
Tiene el alma un descanso de caminos
que han llegado a su único final.

---

[119] Cenital: de cenit, punto alto de la esfera celeste que corresponde verticalmente a
un lugar de la Tierra.

[60]

ESTOY VIVIENDO

Estoy viviendo. Mi sangre
está quemando belleza.

Viviendo. Mi doble sangre
Está evaporando amor.

5   Estoy viviendo. Mi sangre
está fundiendo conciencia.

ROMANCE DE CORAL GABLES (1948)

[61]

PERO LO SOLO

La palma acaricia al pino
con este aire de agua;
en aquel, el pino, el pino
acariciaba la palma.

5   Y la noche azul y verde
es noche verde y morada,
la luna casi me enseña
en su espejo la esperanza.

Pero lo solo está aquí,
10 pero la fe no se cambia,
pero lo que estaba fuera,
ahora está solo en el alma.

[62]

LIBRE DE LIBRES

¡La vida, la viva vida
de un ascua sin consumirse!
¡Que yo lo aspirara todo
en mi combustión sublime!

5 Sangre incandescente[120] y llama
blanca y azul, donde insigne[121]
se hiciera todo, contento
de ser fiel combustible.

¡Qué final! Este sería
10 el ser de todos los fines;
todo quemándose en mí,
y yo con todo, ascua libre.

Libre de libres, presencia
de todo lo contenible.
15 Un día, al fin, todo limpio,
un día libre de libres.

---

[120] Incandescente: rojo por la acción del calor.
[121] Insigne: sobresaliente, célebre, famoso.

DIOS DESEADO Y DESEANTE (1964)

[63]

LA TRASPARENCIA[122], DIOS, LA TRASPARENCIA

   Dios del venir, te siento entre mis manos,
aquí estás enredado conmigo, en lucha hermosa
de amor, lo mismo
que un fuego con su aire.

5   No eres mi redentor, ni eres mi ejemplo,
ni mi padre, ni mi hijo, ni mi hermano;
eres igual y uno, eres distinto y todo;
eres dios de lo hermoso conseguido,
conciencia mía de lo hermoso.

10   Yo nada tengo que purgar.
Toda mi impedimenta[123]
no es sino fundación para este hoy
en que, al fin, te deseo;
porque estás ya a mi lado,
15 en mi eléctrica zona,
como está en el amor el amor lleno.

---

[122] Trasparencia: transparencia, el poema resume la idea del dios juanramoniano, su conciencia de lo hermoso.
[123] Impedimenta: equipaje de ropa.

Tú, esencia, eres conciencia, mi conciencia
y la de otro, la de todos,
con forma suma de conciencia;
20 que la esencia es lo sumo,
es la forma suprema conseguible,
y tu esencia está en mí, como mi forma.

Todos mis moldes, llenos
estuvieron de ti; pero tú, ahora,
25 no tienes molde, estás sin molde, eres la gracia
que no admite sostén,
que no admite corona,
que corona y sostiene siendo ingrave[124].

Eres la gracia libre,
30 la gloria del gustar, la eterna simpatía,
el gozo del temblor, la luminaria
del clariver[125], el fondo del amor,
el horizonte que no quita nada;
la trasparencia, dios, la trasparencia,
35 el uno al fin, dios ahora sólito[126] en lo uno mío,
en el mundo que yo por ti y para ti he creado.

---

[124] Ingrave: de ingrávido, ligero.
[125] Clariver: esta palabra es una incorporación que Juan Ramón hace al idioma castellano. Se refiere a las últimas luces de la tarde.
[126] Sólito: acostumbrado, habitual.

[64]

EL NOMBRE CONSEGUIDO
DE LOS NOMBRES

Si yo, por ti, he creado un mundo para ti,
dios, tú tenías seguro que venir a él,
y tú has venido a él, a mi seguro,
porque mi mundo todo era mi esperanza.

5 Yo he acumulado mi esperanza
en lengua, en nombre hablado, en nombre escrito;
a todo yo le había puesto nombre
y tú has tomado el puesto
de toda esa nombradía[127].

10 Ahora yo puedo detener ya mi movimiento,
como la llama se detiene en ascua[128] roja
con resplandor de aire inflamado azul,
en el ascua de mi perpetuo estar y ser;
ahora yo soy ya mi mar paralizado,
15 el mar que yo decía, mas no duro,
paralizado en olas de conciencia en luz
y vivas hacia arriba todas, hacia arriba.

Todos los nombres que yo puse
al universo que por ti me recreaba yo,
20 se me están convirtiendo en uno y en un
    dios.

El dios que es siempre al fin,
el dios creado y recreado y recreado
por gracia y sin esfuerzo.
25 El Dios. El nombre conseguido de los nombres[129].

RÍOS QUE SE VAN (1953)

[65]

CUANDO YO ERA EL NIÑODIÓS

Cuando yo era el niñodiós, era Moguer, este pueblo,
una blanca maravilla; la luz con el tiempo dentro.
Cada casa era palacio y catedral cada templo;
estaba todo en su sitio, lo de la tierra y el cielo;
5   y por esas viñas verdes saltaba yo con mi perro,
alegres como las nubes, como los vientos, lijeros[130],
creyendo que el horizonte era la raya del término.

Recuerdo luego que un día en que volví yo a mi pueblo
después del primer faltar, me pareció un cementerio.
10 Las casas no eran palacios ni catedrales los templos,
y en todas partes reinaban la soledad y el silencio.
Yo me sentía muy chico, hormiguito de desierto,
con Concha la Mandadera, toda de negro con negro,
que, bajo el tórrido sol y por la calle de Enmedio,
15 iba tirando doblada del niñodiós y su perro;
el niño todo metido en hondo ensimismamiento,
el perro considerándolo con aprobación y esmero.

¡Qué tiempo el tiempo! ¿Se fue con el niñodiós
huyendo?]
¡Y quién pudiera no caer, no, no, no caer de viejo;
20 ser de nuevo el alba pura, vivir con el tiempo
entero,]
morir siendo el niñodiós en mi Moguer,
este pueblo!]

ESPACIO

[66]

FRAGMENTO SEGUNDO
(Cantada)

"Y para recordar por qué he vivido", vengo a ti, río Hudson de mi mar. "Dulce como esta luz era mi amor…" "Y por debajo de Washington Bridge (el puente más con más de esta New York) pasa el campo amarillo de mi infancia". Infancia, niño vuelvo a ser y soy, perdido, tan mayor, en lo más grande. Leyenda inesperada: "dulce como la luz es el amor", y esta New York es igual que Moguer, es igual que Sevilla y que Madrid. Puede el viento, en la esquina de Broadway, como en la Esquina de las Pulmonías de mi calle Rascón, conmigo; y tengo abierta la puerta donde vivo, con sol dentro. "Dulce como este sol era el amor". Me encontré aislado, le reí, y me subí al rincón provisional, otra vez, de mi soledad y mi silencio, tan igual en el piso 9 y sol, al cuarto bajo de mi calle y cielo. "Dulce como este sol es el amor." Me miraron ventanas conocidas con cuadros de Murillo. En el alambre de lo azul, el gorrión universal cantaba, el gorrión y yo cantábamos, hablábamos; y lo oía la voz de la mujer en el viento del mundo. ¡Qué rincón, ya para suceder mi fantasía! El sol quemaba en el sur del rincón mío, y en el lunar menguante de la estera, crecía dulcemente mi ilusión queriendo huir de la dorada mengua. "Y por debajo de Washington

Bridge, el puente más amigo de New York, corre el campo dorado de mi infancia…" Bajé lleno a la calle, me abrió el viento la ropa, el corazón; vi caras buenas. En el jardín de St. John the Divine, los chopos verdes eran de Madrid; hablé con un perro y un gato en español; y los niños del coro, lengua eterna, igual del paraíso y de la luna, cantaban, con campanas de San Juan, en el rayo derecho, vivo, donde el cielo flotaba hecho armonía violeta y oro; iris ideal que bajaba y subía, que bajaba…" "Dulce como este sol era el amor." Salí por Amsterdam, estaba allí la luna (Morningside); el aire ¡era tan puro! frío, no, fresco, fresco; en él venía vida de primavera nocturna, y el sol estaba dentro de la luna y de mi cuerpo, el sol presente, el sol que nunca me dejaría los huesos solos, sol en sangre y él. Y entré cantando ausente en la arboleda de la noche y el río que se iba bajo Washington Bridge con sol aún, hacia mi España por mi oriente, a mi oriente de mayo de Madrid; un sol ya muerto, pero vivo; un sol presente, pero ausente; un sol rescoldo de vital carmín, un sol carmín vital en el verdor, un sol vital en el verdor ya negro, un sol en el negror ya luna; un sol en la gran luna de carmín; un sol de gloria nueva, nueva en este otro Este; un sol de amor y de trabajo hermoso; un sol como el amor…" "Dulce como este sol era el amor."

ÍNDICE ALFABÉTICO DE TÍTULOS Y PRIMEROS VERSOS

BIBLIOGRAFÍA CONSULTADA

Obras de Juan Ramón Jiménez:

(1961a) *La corriente infinita* (crítica y evocación) (ed. de Francisco Garfias), Madrid, Aguilar, pp. 293 y 312.

(1961b) *Por el cristal amarillo* (ed. de Francisco Garfias), Madrid, Aguilar, p. 25.

(1967) *Estética y ética estética* (ed. de Francisco Garfias), Madrid, Aguilar.

(1978) *Leyenda* (1896-1956) (ed. de Antonio Sánchez Romeralo), Madrid, Cupsa.

(1979) "Aforismos Inéditos", en *Nueva Estafeta*, 12, p. 11.

(2005) *Juan Ramón Jiménez. Tomo I* (ed. de Javier Blasco y Teresa Gómez Trueba), Madrid, Espasa Calpe.

Obras sobre Juan Ramón Jiménez:

GULLÓN, Ricardo (1958). *Conversaciones con Juan Ramón*, Madrid, Taurus. pp. 80, 81, 83, 84, 91, 93, 120 y 149.

FONT, María Teresa (1972). *Espacio: Autobiografía lírica de Juan Ramón Jiménez*, Madrid, Ínsula, p. 12.

GICOVATE, Bernardo (1973). *La poesía en Juan Ramón Jiménez*, Barcelona, Ariel, pp. 219 y 220.

PALAU DE NEMES, Graciela (1974). *Vida y obra de Juan Ramón Jiménez*, Madrid, Gredos, pp. 16 y 538.

SANCHEZ BARBUDO (1981). *La obra poética de Juan Ramón Jiménez*, Madrid, Cátedra, pp. 31 y 77.

VÁZQUEZ MEDEL, Manuel Ángel (1982). *El campo andaluz en la obra de Juan Ramón Jiménez*, Col. "Espiga Roja", Sevilla, Caja Rural, pp. 10 y 43.

GARFIAS, Francisco (1996). *Juan Ramón Jiménez en su Reino*, Huelva. Fundación "Juan Ramón Jiménez", p. 134.

CAMPOAMOR GONZÁLEZ, Antonio. *Juan Ramón Jiménez: Nueva biografía*, Huelva. Edición Diputación Provinvial y Consejería de Cultura, p. 24.

Estudios críticos sobre Juan Ramón Jiménez

DÍAZ PLAJA, Guillermo (1983). "Lo lingüístico y lo lexicográfico en la obra de Juan Ramón Jiménez ", en

Actas del Congreso Internacional Centenario de Juan Ramón Jiménez (ed. de Jorge Urrutia), Diputación provincial de Huelva e Instituto de Estudios Onubenses, p. 279.

MARCOS Marín, Francisco (1983). "Juan Ramón Jiménez ante la reforma del español actual", en *Actas del Congreso Internacional Centenario de Juan Ramón Jiménez* (ed. de Jorge Urrutia), Diputación provincial de Huelva e Instituto de Estudios Onubenses, pp. 403 y 410.

ALBORNOZ, Aurora de (1983). "El sentido de la Cita y la Autocita en Espacio", en *Actas del Congreso Internacional Centenario de Juan Ramón Jiménez* (ed. de Jorge Urrutia), Diputación provincial de Huelva e Instituto de Estudios Onubenses, p. 117.

VÁZQUEZ MEDEL, Manuel Ángel. (2005) *El Poema Único*, Huelva. Diputación provincial, pp. 35, 72 y 293.